Wanatu und Ayasha

von Leif Anderson

Herstellung und Verlag:
BoD - Books on Demand, Norderstedt
ISBN 978-3-7460-1933-8

I

Die saftig gelben Weizenfelder glänzten in der Abendsonne, als Wanatu die Stadtmauern Ischtars erreichte. Riesig und hölzern versperrten ihm ein Tor und zwei Laternenwächter den Weg. Beide sahen haargenau identisch aus, hatten die gleiche buckelkrumme Nase, kerzengerade Zähne, buschige Augenbrauen und ein schielendes, hin- und herzuckendes Auge.

„Warum noch so spät des Weges?", fragten sie gleichzeitig.

Wanatu antwortete den Beiden nur:„ Ischtar ist großzügig, Ischtar ist streng", und wurde von ihnen widerwillig hereingelassen; im vorübergehen erkannte er noch die mürrischen Gesichter der Zwillinge, die ihm ihre vergilbten Zähne und ihren fauligen Atem entgegenwarfen.

„Hey du da, treuer Herr!", zischte plötzlich jemand aus einer dunklen Ecke; man konnte ihn kaum erkennen, nur die tückische Silhouette seines Schattens, der über die Lehmwand gehuscht war.

„Ich bin bucklig", sagte er jammernd, „ich trau` mich nicht hinaus; kommt doch zu mir mein Herr!"

Er begann zu schluchzen:„ Helft mir werter Herr, bitte helft mir!"

Im Hintergrund hatte Wanatu ein Schleifen vernommen, irgendetwas das sich kriechend über den Boden bewegte.

„Ein Bettler bin ich, ein armer Mann. Kommt doch her zu mir, ich möchte nicht so gesehen werden, so entstellt", bat er erneut.

Wanatu hörte wieder das Schleifen, etwas wie ein massiger, runder Körper, der sich wellenförmig vorwärts schleppte. Zudem schien er sich zu reiben, als bestünde er aus harten Drachenschuppen.

„Was seid ihr?", erkundigte sich Wanatu „ein Wesen halb Mensch halb Echse, seid ihr das Experiment eines Alchemisten?"

Ein Wasserkrug zerklirrte aus der Richtung woher das Schleifen kam.

„Aber nein, ich bin ein Bettler, ein armer Mann, ohne Bleibe ohne Habe. Seid so gut, gebt mir doch ein Talent."

„Ein Talent ist ein Vermögen wert, es reicht um ein ganzes Stadtviertel zu kaufen!", antwortete Wanatu.

„Ich hörte ihr habt Truhen voll davon in eurem Haus!"

Aus dem tiefen Schwarz der Ecke machten sich allmählich Konturen bemerkbar – das Schleifen war nun unmittelbar vor der Kante; Wanatu sah sich nur die Andeutungen des Körpers an und verabschiedete sich sogleich:„ Nehmt diese drei Kupferstücke. Ich wünsche ihnen alles Gute, was immer sie auch sind."

Später dachte Wanatu, als er sich weit von der Torgasse entfernt hatte, dass diese Kreatur mit Sicherheit der misslungene Versuch eines Alchemisten war, einen Mensch mit einem Waran zu kreuzen, und es besser ist, ihr aus dem Weg zu gehen.

Das rege Treiben der Kneipen drang nun beidseitig zu seinen Ohren, die mit bunten Scheiben aus persischen Glasateliers bestückt waren, und das herausströmende Licht der Petroleumlampen verfärbten. Durch ihre hellen Lichtkelche wirbelte herausströmender Tabak in feinen Schwaden hinauf, um sich in der Dämmerung ins Nichts aufzulösen. Inmitten des Dunstes roch Wanatu außerdem Haschisch, welches die Reisenden sehr gerne rauchten.

Doch diese eine Schenke war vor Wanatus Abreise noch nicht da gewesen, vor der eine schwarz-weiße Streunerkatze gemütlich auf einem warmen Stück Erde lag; neben ihr wuchs ein blühender Rosenstrauch empor, der sich bogenförmig um den Eingang wand und an seiner höchsten Stelle spitz zusammen lief. Darüber stand ein Name in großen, goldgeschmiedeten Lettern: A l a b a s t a.

„Ich habe dich bereits erwartet Wanatu", sagte eine hübsche Frau aus einem geöffneten Fenster; sie lehnte sich ein Stück weit nach vorne, dass sich ihr seidenes Haar im Rhythmus der hintergründigen Gardinen wellte. Mit hellbraunen Augen schaute sie zu den blauen Tulpen, die am Schenkeneingang standen, und schloss sodann ihre Lider. Leicht wie eine Feder fiel eine ihrer goldbraunen Haarsträhnen zu Wanatus Füßen, und flog im nächsten Wimpernschlag gen Westen, zur untergehenden Sonne hinauf.

„Trete doch ein Wanatu, ich seh dir doch die Verlegenheit an, hab nur keine Angst", sagte sie dann.

Wanatu ging hierauf etwas unbeholfen über eine aus Stein gehauene Treppe, und betrat die Schenke, um dort wieder zwei Stufen hinab zu gehen.

Eine wunderbare Frische erfüllte den Raum, so als säße man in einem üppigen Wald. Der Boden war mit einem marokkanischen Teppich bedeckt, den man mit Rautenmustern verzierte, und in geräumigen Winkeln standen Diwans aus Kaschmir, halbrund um eckige Holztische platziert. Auf jedem der Tische fand man eine andere Wasserpfeife. Eine wurde aus Elfenbein geschnitzt und hatte unten die Form eines Würfels. Eine weitere besaß hauchfeine Wände aus Marmor und war von der Hüfte ab als Pyramide gestaltet. Und noch eine aus Jade, geformt wie ein Halbmond. Jede der Pfeifen war von hohem Wert, vor allem aufgrund der vielen Saphire, die liebevoll ins Material eingearbeitet wurden.

An zwei Tischen hatten sich bereits Menschen beisammen gesellt. Zu Wanatus Linken saßen zwei vom wandernden Berbervolk und zu seiner Rechten drei Schweigsame, die er nicht zuordnen konnte. Wanatu entdeckte zwar Mandelaugen, doch vom Osten her suchten unzählige Leute Obdach in Ischtar, überwiegend um ihre Waren hier feilzubieten. Ihre gelbroten Roben zeigten keine Zugehörigkeit zu einem Clan, noch zu einem religiösen Kult.

„Dort Ayasha schau, das sind Mönche aus dem Swami-Tal", sagte der weißbärtige Berber schließlich zu einem Mädchen, „das Volk lebt zurückgezogen hinter den Wahali-Gebirgen, dessen eiserne Gletscher unüberwindbar sind, doch diese Leute wissen einen Weg hindurch."

Nach einer Pause, in welcher der alte Berber vertäumt aus dem Fenster blickte, das in Lila getauchte Himmelsfirmament bestaunend, wandte er sich erneut zu dem Mädchen, und sprach:„ Sie brachten uns das Kunsthandwerk bei. Hast du den wunderbaren Tempel im Stadtinneren gesehen? Zimmermeister aus Ischtar, die bei ihnen in die Lehre gingen, bauten das Gebäude. Und es fehlen noch die Gärten, die lebendigen Vegetationen, die sie immer um ihre Bauten anlegen! Male dir nur aus, wie schön es im nächsten Frühjahr dort aussehen wird, wenn die Pflanzen nach oben sprießen und das Gelände mit Grün bedecken, mit Blüten in hunderten Farben, hunderten Gestaltungen – der Weihrauch aus den vielen, winzigen Öffnungen der Jalis strömt und sich mit dem Duft der aberzähligen Kräuter vermischt."

Vor dem Fenster erkannte man den Ast eines Ahornbaumes, das Rascheln seiner kräftigen Blätter, die Steinpilze, die aussehend wie halbe Untertassen am Stamm hafteten – eine Treppe bildeten sie, welche in der Baumkrone verschwand.

Wanatu hörte das Mädchen sodann antworten:„ Auf den Türen des Tempels fand ich etliche Mandalas. Sie waren wunderschön Großvater. Später will auch ich bei ihnen in die Lehre gehen."

„Deswegen sind wir hier Ayasha. Du wirst sie begleiten", erwiderte ihr Großvater, „uns verbindet ein enges Band mit den Swami-Mönchen.

Die einzigen Menschen denen sie einen Teil ihres Wissens offenbaren, sind die des Berbervolkes. Wenigen ist es vergönnt sie zu Gesicht zu bekommen. Ayasha, von nun an ist deine erste Wanderschaft vorbei."

Die drei Swami-Mönche standen nun auf und betrachteten Ayasha mit Augen, in denen kein Hass zu entdecken war. Einer der Drei hatte vor sich ein Stück Pergament liegen, Fingerfarben, einen Graphitstift, und ein Stück Kohle – für Ayasha blieb einen Augenblick die Zeit stehen, als sie das vollendete Gemälde betrachtete, die wenigen verspielten Linien, die harmonisch komponierten Farben, der wärmende gute Wille, der nur zu teilen begehrte, ohne etwas dafür zu verlangen.

Als Ayasha die Drei mit ihrem klaren Blick musterte, nickten sie höflich und verlegen, und in dieser einfachen Bewegung von ihnen empfand Ayasha mehr Ausdruck, als von irgendeiner der unzähligen Leute, die ihr bis dahin begegneten.

„Sie wissen was Freiheit bedeutet, sie fühlen es", dachte Ayasha, „sie sind völlig unabhängig und freuen sich an sich selbst. Es existieren Menschen, die nichts Böses in sich tragen, die das Unsichtbare bezwangen!"

„Ayasha, das Universum ist nicht so weit, wie du es glaubst zu denken. Du befindest dich mitten darin", sprach ein junger Mönch, bei dem aus der Seitentasche eine Schreibfeder und ein dünnes Büchlein hinaus schauten. Auf seiner Robe war ein Zirkel abgebildet, und aus einem Stoff der Ayasha gänzlich unbekannt war. Die Robe machte den Eindruck, als sei sie wunderbar gemütlich, als kühle das Gewand ihren Träger in der heißen Wüstensonne. Von den Schlüsselbeinen – dort an der Stelle wo die Kapuze mit feinen silbernen Fäden angenäht war – hingen zwei bronzen geflochtene Kordeln herab. Es schien kristallenes Pulver umschwebe sie, als die Lichtstrahlen der Abenddämmerung in den Raum fielen.

„Hallo Ayasha", sagte der zweite Mönch, dessen Gesicht man nur halb erkannte, er reichte ihr seine Hand zum Gruß und zog sich die Kapuze herunter, dass sein langes, schwarzes Haar sichtbar wurde. Der Mönch vor ihr hatte keine

Mandelaugen, war um die dreißig Jahre alt und trug einen kräftigen, krausen Vollbart.

„Ayasha, du wirst Dinge sehen, die du nicht für möglich hieltst, und Fähigkeiten erwerben in denen du Seligkeit findest, die dich ausfüllen, weil du bald entdeckst, wie viel Wundersames in dir steckt, was die Welt in Wahrheit alles zu bieten hat."

Plötzlich hielt er für einen Moment inne und sah Ayasha tief in die Augen.

„Ich sehe das Leid in dir Ayasha, dass du an dieser Welt und an der Menschheit verzweifelst, doch gibt es Menschen, die aus ihrem Leiden wachsen. Erst wenn du dich dem stellst: deinen Dämonen, beginnt sich etwas zu bewegen. Ayasha, bald lernst du was es bedeutet ein Mensch zu sein."

Aus der Innentasche seiner Robe holte der zweite Mönch ein Stück weiße Kreide und ging zur Schenkentür. Sein Gang war geschmeidig, so als bewege er sich fließend durch den Äther, nichts hätte ihn aus seiner Andacht lösen können. Es schien Ayasha, als sei der Mönch eins mit seiner Umgebung, befreit von jeglichem Konflikt, dankbar ein Teil von etwas Ganzem zu sein, dessen Ausmaße sie sich nicht vorzustellen vermochte.

Anschließend dachte Ayasha, für Sekunden von ihren damaligen Begegnungen abgelenkt, die ihr während ihrer Reise zustießen:„ Mehr verzweifel ich an mir selbst, an Yagoba, die Stadt der Zwietracht, welche ich mit meinem Großvater durchritt. Die Bewohner dort quälen sich in ihrer Unzufriedenheit, sogar in ihren Familien streiten sie sich. Sie wissen nicht was Ruhe ist, was es heißt milde gegenüber dem Anderen zu sein. Niemand der seinem Nächsten vertraut, niemand der versucht das Wunderschöne, das der Mensch in sich trägt, zu pflegen, ins Wirkliche zu holen, niemand der sich dieser Anstrengung stellt ... es ist einfacher schlecht zu sein als gut. Doch das was mir am meisten zu denken gibt ist, dass ich ihrer Wut nicht entrinnen konnte, dass auch ich mich dazu verleiten ließ, Gewalt auszuüben, nur um mich vor ihnen zu schützen, weil in den falschen Dingen ich schlicht zu ernst bin."

Ayasha wurde jäh in ihren Gedanken unterbrochen, als sie die weichen Geräusche der zeichnenden Kreide vernahm. Nach wenigen Augenblicken sagte der Mönch:„ Ich habe dir meinen Namen hier aufgeschrieben in der unsrigen Schrift. Die Kreide übrigens verblasst bald. Du liest meinen Namen von rechts nach links. Also, ich bin Dabu und ich freue mich wieder eine aus meinem Volke willkommen zu heißen. Weißt du, seit fünfzehn Jahren wurde keiner mehr von uns ins Swami-Tal eingeladen. Und habe keine Angst, deinen Großvater wirst du oft besuchen können. Wir werden viel unterwegs sein, besonders weil deine Ausbildung erst beginnt."

Ayasha wurde es ganz behaglich um die Magengegend, eine warme, herzliche Brise durchströmte ihren gesamten Körper, hüllte sie in einen Kokon voll Geborgenheit, und vor allem war sie glücklich darüber, diese Menschen vor ihr kennen lernen zu dürfen, die jetzt schon Freunde für sie waren, fast wie Brüder, die sie für verloren glaubte.

Dennoch hatte Ayasha Dabu nur halb zugehört, da das geschwungene Schriftbild, welches Dabu in kürzester Zeit auf die Schenkentür warf, sie besonders fesselte.

Es war kursiv geschrieben und in vier Stücke aufgeteilt, die als Ganzes ein „X" bildeten. Zur Mitte hin woben sich die Stücke herrlich ineinander, so als spiele jedes ihr eigenes Lied. Es war als funkelte ein wallender Stern vor ihr, aus dem sie das Leben selbst anlachte, mit runden, eleganten Schweifen, welche jeweils eigene Noten musizierten.

„Hallo, ich heiße Ayasha!", freute sich diese, wie weggeblasen war ihre Grübelei, und sogleich umfing sie Heiterkeit.

„Ich mag dein Bild Dabu, auch das deines Gefährten, sie sind wirklich sehr eindrucksvoll. Mir kommt es vor, als malt ihr aus dem Herzen, als wollt ihr aus ganz simplen Dingen etwas Gutes in unsere Welt bringen – als findet ihr Glück darin zu geben, aus dem tiefsten Inneren eurer Seele!"

Ayasha schaute danach zu Boden, da sie so überschwänglich redete, mit Herren die um einiges älter waren als sie; sie schämte sich ein wenig, und dachte sie könnte respektlos wirken.

„Ach Ayasha, ich vergaß: ich bin Baguyo", lächelte der Mönch, der vorhin das Pergament bemalte. Ayasha spürte das reine Gemüt in ihm, und sofort überwand sie sich. Sie fühlte, wie die klare Luft des Raumes in ihren Brustkorb strömte, und wieder hinaus, wie schwerelos war sie, aufgehoben in einer Gruppe von Menschen, die längst die Bedeutung des Wortes „Lüge" vergaßen, und sagte weiterhin:„ Ich möchte euch unbedingt begleiten und so viel von euch lernen, wie nur irgend möglich. Ihr beherrscht wahrlich außergewöhnliche Fähigkeiten." Dabei dachte Ayasha außerdem an ihren Großvater, den sie bald verlassen müsste:„ Er wird mit Sicherheit zurechtkommen, wenn ich weg bin. Einst erzählte mir mein Großvater: er genieße die Einsamkeit, das Versinken in seinen Geist, das Gewahrsein niemals wirklich alleine zu sein, sobald die Ruhe in ihm einkehrt – die Gedanken, die unzähligen, verstrickten Stränge endlich ihre Spannung lösen. Dann, erwähnte er noch am Ende, erkenne ich mich selbst, vom Sein umgeben."

Der dritte und letzte der Mönche, der sich gleich wieder an den Tisch gesessen hatte, und Pfeife rauchte, stand nun auf und bewegte sich buckelig zu Ayasha, einen robusten Gehstock umgriffen, den man aus einer Linde geschnitzt hatte. Das Laufen fiel ihm sichtlich schwer, mit seinem dürren Körper und seinen zittrigen Beinen.

Aber als er sich dann vor Ayasha befand, entwich seiner harten, faltenübersäten Mine ein breites Grinsen, und er sprach schließlich, mit einer freundlich krächzenden Stimme:„ Junge Freundin, zweihundert-und-eins Jahre bin ich jetzt alt, und man rühmt mich stets noch als stärksten Schachspieler unseres Ordens. Ein wunderbares Spiel dessen Regeln ich dir noch beibringen werde. Es wird dir bestimmt gefallen. Ich mag vor allen Dingen die detaillierten, putzigen Spielfiguren, welche extra für mein Brett angefertigt wurden, ihr leises Klacken, wenn sie auf die glatte Oberfläche der regelmäßigen Vierecks-Muster fallen. Auf unseren Rückweg werde ich dir mehr davon erzählen. Aber nun müssen wir aufbrechen Ayasha, wir sind lange genug hier verblieben."

Ayasha schaute sofort zu ihrem Großvater, dem die Tränen in den Augen standen.

Mahmud, welcher der Name des Großvaters war, wähnte sich um Jahre zurück, als er seine Enkelin bei sich aufnahm, ungewiss ob die Kleine seinem unsteten und widrigen Lebensstil standhalten konnte.

Deswegen freute es ihn umso mehr, dass Ayasha direkt die tausendfältige Natur rings um sich erkundete: den samtweichen Sand, der nur stellenweise Gebiete für sich einnahm – Palmen standen darin, die unterhalb des wärmespeichernden Bodens herzhaft ihre Wurzeln sprießen ließen – die Trauerweiden mit ihren herab hängenden Zweigen, welche gerne an den reichlich vorhandenen Bachläufen ihre silbernen Blätter zum Wind bewegten – die wolkigen Auenwälder, worin rechtwinklige Mammutbäume in die Höhe schossen – die verborgenen Teiche und ihre schwarzen Molche, deren Augen glänzten, sobald sie von unten herauf einen im Tageslicht ansahen; um den Gewässern, versteckt im tanzenden Schilf, schwirrten zahllose anders geartete Libellen hin- und her – und die gewaltigen Ameisenkolonien mit ihren Arbeiterinnen, die alles ihrer Königin gaben, gar ihr eigenes Leben, als auch vieles, vieles mehr, das Ayasha mit der Zeit sammelte und aufhob in ihrer persönlichen Schatzkammer, die sie so oft besuchen konnte, wie es ihr beliebte.

Mahmud ahnte es früher schon, so wie seine Enkelin die Umgebung erforschte, nahezu Alles in sich hinein sog, die Dinge die man im Kleinsten wie im Größten fand, dass Ayasha anders war, voller Neugierde und voller Demut gegenüber den mannigfaltigen Schauspielen, die sich Tag für Tag ihr darboten.

Manchmal fürchtete Mahmud, seine Enkelin fühle sich einsam, ohne Altersgenossen die sie begleiteten, doch im Nu verschwanden seine Sorgen, als er in die staunenden Augen seines jungen Kindes schaute, und darin die Welt sich widerspiegeln sah. Er führte Ayasha an Orte, die zuvor nie ein Mensch gesehen hatte, nicht mal den Mönchen des Swami-Tals bekannt waren; durch seine jahrzehntelange Wanderschaft kannte Mahmud mittlerweile jedes Fleckchen außerhalb Ischtars.

Als Ayasha nun zu ihrem Großvater schritt, um sich schweren Herzens von ihm zu verabschieden, leuchtete Mahmud wieder jene gewaltige Strömung vor den Augen, an der er mit seiner Enkelin stand, eine die sich in die Tiefe eines reißenden Wasserfalls ergoss. Von den kantigen Felshängen baumelten die Blütenstände unzähliger Moose herab, aus denen goldene Pollen hinab rieselten, und, sofern das Glück ihnen hold war, auf eine kahle Stelle landeten, der fast gänzlich bewachsenen Klippen. Darüber bildeten sich ambosartige Wolken, aus denen sich eimerweise der Regen entlud – aus allen Richtungen plätscherte es harmonisch, als die Beiden sich niederließen, die Beine zum Lotussitz gekreuzt.

„In naher Zukunft werden sich unsere Wege trennen Ayasha", erzählte ihr ihr Großvater damals, „aber kein Abschied wird es sein, denn für dich ist anderes vorhergesehen, deinen Augen ist es bestimmt, noch vieles zu erfahren, Dinge für die ich mich freue. Werde dankbar dafür sein meine Enkelin", klang der letzte Satz ebenso in Ayashas, wie in Mahmuds Ohren, als Ayasha vorerst ein letztes Mal ihren Großvater umarmte.

Der uralte Mönch, dessen Gewand aus ganz einfachen Leinentuch bestand – man hätte meinen können, er gehöre einer der niedrigsten Kasten Ischtars an – nahm Ayasha nun behutsam bei der Hand und führte sie mitsamt seinem Geleit aus der Schenke.

Die drei Mönche aus dem Swami-Tal verbeugten sich nochmals vor Mahmud und drehten sich schließlich um in Richtung ihrer Reittiere. Doch als der Älteste gerade im Begriff war ihnen den Rücken zuzukehren, blickte dieser scharf in Wanatus Antlitz. Im ersten Moment realisierte es Wanatu nicht, aber die Augen des Ältesten hatten genau das gleiche Aussehen wie die seinigen: die smaragdgrüne Farbe, die immer noch jung und frisch aus dem alten Mann heraus schimmerte.

„Auf Wiedersehen Wanatu", flüsterte der Älteste, und für Wanatu war es, als könne nur er ihn hören. Außerdem vernahm er noch folgendes:„ Merke dir diesen Namen: Danach entschwand dem Ältesten ein Wort in einer Sprache, die Wanatu gänzlich fremd war. Es waren keine Töne, die man mit den Lippen formte, nicht etwas das man über das Gehör vermittelt bekam. Der Älteste bewegte nicht im Geringsten seinen Mund, und doch wusste Wanatu nun seinen wahren Namen, der ihn mehr an eine warme Melodie erinnerte, an den erhabenen Klang eines Lebewesens, welches zu einer anderen Gattung gehört, und andere Lebensräume bevorzugt.

„Setz dich nur zu mir mein Junge", sagte Mahmud, als die Abreisenden die Schenkentür verschlossen, und nahm sich einen genüsslichen Zug aus der halbmondförmigen Wasserpfeife.

Sofort verbreitete sich ein wohliger Geruch im Raum, der ähnlich roch wie das Haschisch, welches Wanatu vorhin in den Straßen inhalierte, nur feiner war es, unaufdringlicher, er meinte, eine süßliche Nuance verberge sich darin: ein Hauch von Erdbeere.

„Es war kein Zufall, dass auch du hier warst", begann Mahmud, nachdem Wanatu sich zu ihm gesetzt hatte.

„Wissen sie junger Herr, welches Glück es sein kann, empfinden zu dürfen, für einen Menschen nur das Beste wünschend, im Gewahrsein des unendlichen Lebens, das sich im Bauch und in unserer Brust versteckt. Ayasha wird es gut haben bei den Mönchen, sie werden wie eine Familie für sie sein", fügte Mahmud im Anschluss noch hinzu. Er wirkte vollkommen unbekümmert und trug das natürlichste Lächeln auf den Lippen.

„Ich blicke voller Stolz auf meine Enkelin, nicht weil sie in den ehrwürdigen Orden aufgenommen wurde, sondern ihres Wesens wegen, dem edlen Verlangen sich neue Dinge anzueignen, des überquellenden Brunnens wegen, der rein und klar seine Wellen in ihr schlägt."

Mahmud hielt inne, und die Beiden stellten sich einander vor.

„Genehmige dir einen Zug, ich hatte sowieso vor die Pfeife mit dir zu teilen", sagte er dann, und bat Wanatu das Mundstück an. Motive von schneeweißen Ringelblumen wurden mit Hingabe auf dessen Oberfläche geritzt, man konnte gar das zarte Liniengeflecht der Blätter erkennen – für Wanatu war es, als bewege sich die Pflanze sanft im Ozean der dunklen Streifen, die sich einmütig um das Holz zogen.

Als Wanatu nun spürte wie der Qualm in seine Lungen drang, ein wonniges Gefühl in seiner Magengrube aufstieg, verließ unvermittelt sein Geist seinen Körper. Langsam flog er zur Decke hinauf, von wo aus er die Halbglatze Mahmuds entdeckte, sowie seinen Arm, der einige Male das Mundstück zu seinen Lippen führte.

„Dieses Kraut übertrifft all meine Erwartungen!", rief Wanatu, der nochmals eine rege Wallung verspürte, bevor er vollends die Empfindung seines Gewichtes verlor.

„Solche Medizin findest du nur an bestimmten Orten. Diese Schenke hier zum Beispiel steht erst seit Neuem an diesem Platz, und sie ist derart ins Stadtgebilde Ischtars integriert, dass es kaum jemanden hierhin verschlägt", erzählte ihm Mahmud, welchen er blechern von unten herauf hörte, „in einem toten Winkel, vergraben in einem undurchsichtigen Gassensystem, gehen die meisten Leute schlichtweg hieran vorbei, ohne auch nur das Geringste von diesem Haus zu erhaschen."

„Aber für mich war es, dass die Schenke direkt vor mir lag, fast am Ende der Straße, wo sich all die Kneipen aneinanderreihten, bis ich sie letztlich erreichte und die fabelhaften Gemäuer erblickte mit den fein gemeißelten Ornamenten", erwiderte Wanatu, dessen Glieder mehr und mehr verschwammen. Inmitten seines Bauchnabels bildeten sich kleine konzentrische Kreise, so als werfe man einen winzigen Kieselstein ins Zentrum eines stillen Sees.

„Das wundert mich keineswegs", antwortete Mahmud und lachte herzhaft dabei, „unbewusst hat es dich zu dieser Stätte verschlagen, beinahe so als wärest du gerufen worden. Nun, höre mir zu Wanatu, du bist nicht ohne Grund hier gewesen ..."

Dann wechselte er unverhofft das Thema, einen Schluck grünen Tee sich genehmigend, den das braunhaarige Mädchen vorhin in einer weißen Prozellankanne servierte. Mahmud betrachtete das feine Relief auf dem Gefäß, die Abbildung verschiedenster, geometrischer Formen.

„Genau ein Jahr ist es jetzt her, als ich mich mit meiner Enkelin dort aufhielt: eine Stadt namens Yagoba."

„Yagoba", seufzte Wanatu, „wer hat noch nicht von der Stadt der Zwietracht gehört, doch kenne ich sie nur von Erzählungen, die mir ein ums andere Mal auf den Magen schlugen."

„Ja, der Ruf der Stadt eilt ihr voraus", erwiderte Mahmud, doch Wanatu konnte ihn kaum noch hören, denn von weiter

Ferne erkannte er nur die glänzende Halbglatze Mahmuds, auf der allmählich zwei Reihen voller Backenzähne heranwuchsen.

„Bevor du dich aber weiter in dies Wagnis hineinstürzt Wanatu", sagte dann das fertig entwickelte Gebiss, dessen Stimme die gleiche Mahmuds war, „musst du noch einige Berge erklimmen, und reichlich Erkenntnisse sammeln, vor allen Dingen wirst du über deinen eigenen Schatten springen müssen, auf dass du vielleicht, angekommen am Ende deines Weges, dir die letzte Wahrheit gewährt wird."

Im Nachhall des finalen Satzes schwebte Wanatu immer weiter in die Höhe und durchdrang das Gestein der Decke.

Einem nackten Zimmer begegnete er im Obergeschoss, in dem nur ein Teleskop stand. Das Sichtrohr war aus dem Fenster gestreckt, hatte aber nicht wie gewöhnlich eine gerade Form, sondern schlängelte sich aus dem Fenster hinauf bis zum Dach. Mit aller Mühe zerrte Wanatu seinen vergeistigten Leib zum Teleskop, der nicht mehr federleicht wirkte, eher wie zentnerschwerer Ballast. Auf der Seite des Teleskops – klitzeklein, kaum mit dem bloßen Auge zu erkennen – war das Symbol eines Globus eingraviert im gleichen Zeichenstil der Swami-Mönche.

„Erst heißt es eine Anstrengung am Tage bewältigen, sofern denn eine vorhanden ist, danach darf man sich dem Vergnügen widmen. Also komm Wanatu, ich zeige dir die Welt aus einer anderen Perspektive", sprach alsdann das Teleskop. Man konnte nicht die Richtung seiner Worte vernehmen, es war mehr als kommuniziere der gesamte Raum mit einem.

Folglich führte Wanatu sein linkes Auge zum Teleskop und wurde wie von einer angenehmen Woge jäh in einen glatten Tunnel getragen, in den Tubus des Teleskops, der bald steil nach oben, bald fast horizontal verlief.

Die Wände waren transparent, sodass Wanatu die sternenüberdachte Landschaft betrachten konnte, die abermilliarden funkelnden Punkte, die sich über dem Firmament erstreckten. Plötzlich wurde er aufwärts geschleudert, dass sich die Umgebung neben ihm in bunte, nachtfarbene Schweife verwandelte, bis er stetig an Tempo abnehmend, schließlich leicht auf die Rückseite des Objektivs stieß.

„Nun wirst du das Gleiche wie ich sehen Wanatu", verkündete das Teleskop, den milchigen Schleier verdrängend, der fortwährend die Linse trübte, um Wanatu endlich die Herrlichkeit des Universums zu offenbaren. Wanatus Sichtfeld schoss sogleich hinauf aus der Erdatmosphäre, die tausenden, kalten Kilometer überbrückend, kehrte sich um 180°, und zeigte die Erde nun als blauweißen Planeten, der sich als Scheibe im verkehrten Uhrzeigersinn drehte. Wanatu konnte darauf die leuchtende Pracht Ischtars ausmachen und Gebiete darum erkennen, die sich tief verzweigt hinter undurchdringlichen Stellen inmitten einer dschungelähnlichen Fauna versteckten. Aus Kalkstein gehauene Schreine fand Wanatu, die voll mit Lianen überwachsen, sich zärtlich an die dicken Wurzeln der Laubbäume schmiegten. Die verlassen aussehenden Stätten wirkten dennoch wie von Menschenhand gepflegt: das Geäst, welches sich symmetrisch aus den Stämmen fächerte, als auch die Lianen und ihre eleganten Windungen – gleich einer zweiten Haut, schlängelten sie sich um die Kanten der verkalkten Torbögen, dass man imstande war bequem in die Tempel einzutreten. Aber als Wanatu um sich blickte, und sah wie weit sich noch der Äther erstreckte, umfing ihn das Gefühl der Leere.

„Warum drehe ich mich im Kreis, in den stetig gleichen Bahnen. Ich steuere die Gezeiten und komme mir vor, ich steckte in einem krümeligen, grauen Klumpen gewaltigen

Ausmaßes ... ein Trabant bin ich, ein Trabant! Ach, wie quält mich doch die Einsamkeit", seufzte Wanatu.

Fast im gleichen Moment ging hinter ihm die Sonne auf und sofort erstrahlten von Neuem all die abermilliarden Sterne, die er vorhin schon im Tunnel bestaunen durfte.

„Sei mal keine saure Zitrone Wanatu. Wer darf schon mal Mond sein. Keinem hast du dich zu beugen, denn deine Existenz spendet Leben, sie vernichtet es nicht!", piepsten die Sterne wuselig durcheinander.

„Aber ich bin soweit unten und ihr soweit oben, zwischen uns liegen Lichtjahre", klagte Wanatu, der nun silbernen, traurigen Mondenschein aussonderte. Wie feiner Nieselregen fiel er zur Erde, um ganz weit am Ende der rotierenden Scheibe, inmitten einer verrauchten, wabenden Wolke, einen leuchtenden Teich in seinen Farben zu träufeln.

„Kannst du die Einsamkeit ertragen Wanatu?", sprach alsdann eine sonore Stimme aus dem Hintergrund. Es war die Sonne, die ihm noch ein wenig mehr von ihrem angenehmen Licht spendete.

„Kannst auch du die Einsamkeit ertragen mein junger Freund?", wiederholte sie.

„Kein Lebewesen darf sich mir nähern, verbrennen würden sie alle miteinander. Und doch lache ich, lache und lache ich, bis irgendwann auch mich, der dunkle Schleier umschließt."

Darauf grollte sie: „Bist denn du blind, siehst denn du nicht die Schönheit, die dich umgibt. Dort den Perseiden: in dem Moment entsteht er, wenn die Erdscheibe den langen Schweif eines Kometen kreuzt. Teilchen um Teilchen prallen dabei auf die Erdatmosphäre, und bringen die Luftmoleküle letztlich zum Leuchten. Merke dir: die Sternschnuppe ist nicht das verglühende Staubkorn selbst!"

„Einsamkeit sagst du? Mir rauschen momentan tausende Dinge durch den Schädel, und mit niemanden kann ich sie teilen, liebe Sonne. Es ist unerträglich, kurz vorm zerplatzen bin ich. Stelle dir einen Luftballon vor, der schreit, weil die Sehnen seines Plastikleibes gleich zerreißen, aber gleich bedeutet nicht gleich: nervenaufreibende, ungewisse sechs Minuten, in denen der wund werdende Gaumenzipfel heftig vibrieren wird. Für die Einsamkeit jedenfalls bin ich nicht geschaffen."

Und die Sonne wurde dadurch noch aufgebrachter, und schimpfte jetzt zu Wanatu:„ Wie du willst Wanatu! Ich habe nicht die Muße dir alles zu erklären, zumindest weiß ich es nicht in Worte zu schmücken. Also mein törichter, junger Freund, zu Asche sollst du werden!"

Während Wanatu langsam von der Hitze der Sonne in kosmischen Staub verwandelt wurde, dachte er:„ Wundersam, ich verspüre keinerlei Schmerzen, doch hätte ich bloß die Sterne erwähnen sollen, nur meinte ich, sie seien anders als ich, sie, die ausschließlich unter Ihresgleichen verkehren. Ich bin der Mond, ich spiele einen anderen Rhythmus, denn, wenn ich ehrlich bin, bin ich froh von ihnen scheiden zu müssen."

Wanatu war es durchaus bewusst, dass er bei diesen Gesellen nicht das gefunden hätte, was er suchte, aber wonach er wirklich strebte, konnte er nicht beantworten, so schloss er gemütlich seine Äuglein, und geriet ins größte Staunen, als er sie wieder öffnete, und sich in Form einer Staubwolke, sanft durch das Weltall treiben sah.

„Wie eigenartig mein Befinden gerade ist, und wie wunderschön die Kulisse vor mir", ging es Wanatu durch den Kopf, der immer höher, immer tiefer durch das Universum schwebte, immer weiter durch die Zeit, bis er der Unendlichkeit gewahr wurde, der kalten, gigantischen Unendlichkeit. Firlamente die gestaltet waren wie eine Koralle, wankten vor ihm. Ab- und-an räkelten sie ihre vielen Arme, um dann wieder für eine Ewigkeit inne zu halten. Ein dunkler, schwarzer Nebel umgab die Koralle, während sie selbst in Kontrast dazu in klarem, hellem Weiß erstrahlte, mitunter den grauen Dunst verfärbend, in einen freundlicheren, harmonischeren Ton. Diese Pflanze, die in jenem dunklen, nebligen Meer saß, schien so unermesslich groß, dass Wanatus Mund speerangelweit auf, mit Sicherheit ebenso sprachlos war, wie er selbst. Indessen brummte das Ungetüm eine leise, schüchterne Note, einen heiligen Klang, so heilig wie das „OM" im Hinduismus.

Langsam – fast in Zeitlupe – schlüpfte Wanatu in eine schwere, finstere Grube, und kollabierte an ihrem endlos langen Ende zu einem Halo. Wanatu hatte das Gefühl in tausend Einzelteile zu zerfallen, wahnsinnige Massen an wirrer Gedanken durchfluteten seinen Schädel.

„Aber Sir, Sie verzeihen, das Tuch zum Abwischen faltet man anders herum!"

–   Ein Kellner in schwarz, weißer Kostümierung –
–   Ein Tablett aus bronzenem Guss –
–   Was? Tatsächlich, das Tablett beginnt zu reden:
   „01010011 – 01001111 – 01010011" –

II

Wanatu in Form eines Halos, durchs All schwebend. Er erfasst die Allgewalt des Universums, erkennt ihre Schönheit und betrachtet sie ausgiebig. Alsbald verdichtet sich sein instabiles Gebilde.

Wanatu: Ich will es essen, baden will ich darin, atmen will ich es, diesen Stoff der mir nun millionenfach begegnete. Dort in Ischtar umwabte er meine Nüstern. Ich sah ihn in den Straßen, wie er flackerte in den Laternen. Er wölbte sich zu einer Schneeflocke, die hinab segelte, hinab und hinab, durch die brütend heiße Luft zur Mittagsstunde, um sich schließlich niederzulegen.
Die Schneeflocke singt, sie drückt sich aus, wahrlich auf ihre eigene Art, durchaus mit ihrer eigenen Identität. Sie erschafft Melodien, die in mein Herz dringen: Ich bin lebendig!

Sie entscheidet und entscheidet doch nicht ... sie lässt sich führen, werdend zum Strom der die Schluchten des Swami-Tals passiert, um zu verdampfen und aufzublühen zu einem Kaleidoskopbild ... der Schaum des Flusses wütet, er peitscht, und schickt seine weißhufigen Gesandten aus. Ein Stoff, eine Materie, noch schöner als Obsidian. O, solch wunderlich erhabene Seiden sah ich noch nie!"

Wanatus Leib presst sich sodann zu einer erdenähnlichen Kugel zusammen, wo er nach dessen Vollendung wie ein Küken aus dem Ei schlüpft, aus der feurigen Öffnung eines wilden Vulkans emporschießend. Er spreizt anschließend seine Schwingen und erobert die Lüfte als Phönix.

Wanatu: Wie klein, O,
Wie klein doch die Welt ist,
so weit entfernt, so winzig,
zermalmen könnt` ich sie,
mit einer meiner Klauen,
die rauschend den Wind zerschneiden.
Aber was interessiert`s mich, was geht`s mich an,
hier oben bin ich allein,
so wunderbar allein,
ein Raum der sich zu allen Seiten erstreckt:
mein Raum,
in dem ich jedem Weg folgen kann,
jede Hürde überwinde,
jede Höhe ersteige:
ganz nach meinem freien Willen.
Dass ein Mensch fliegen kann,
Dass ich fliegen kann!
Ich vermag meinen eigenen Pfad zu schürfen,
nur indem ich meine Schwingen spreize;
ein Schatten, ein riesenhafter Schatten:
wird kalt zur Erde geworfen.

Finsternis, du holde, spiegelglatte Finsternis,
du stillstehendes, vereistes Bildnis.
Merkst du wie du all das Leben um dich verzauberst,
wenn du dich sanft um die Gräser legst?
dich vereinigst mit dem warmen Licht,
um endlich in Harmonie neu geboren zu werden,
Neues erschaffend,
dich selbst erschaffend,
und den düstren, gemeinen Schleier endlich abwirfst.
Jetzt erst schimmerst du, jetzt beginnst du zu leuchten.

Aus Wanatus Flügel nieseln feurige Tropfen hinab, welche sich über die Köpfe der Tiere entfächern, und, nachdem sie die einfallenden Sonnenstrahlen gebrochen haben, auf deren Felle spränkeln. Ein Gepard verlässt die Gruppe, springt auf einen Baum und folgt Wanatu mit seinem scharfen Blick.

Wanatu: Weiter, immer weiter, höher, schneller und schneller, bin ich ein Pfeil, ja ein Orkan, der sich seine eigene Welt gestaltet. Das unten ist mein Reich, meine Schatztruhe, ein Ort voller verschiedenartiger Wesen mit unterschiedlicher Musterung, doch jedes in seiner Art einfließend in mein Inneres.
Dort liegt der schlafende See, dort herrscht nicht die Zeit,
hier bin ich tätig, genau hier erschaffe ich.
–   Es erklingt eine wunderbar angenehme Musik   –
getragen wird sie:
von der wachen Luft des Raumes,
Die schwingt,
Und dann zu einer Brise zergeht.

Wie herrlich leicht sich Einsamkeit fühlen kann.

25

Die Zeit die mir gegeben ward zerknete ich
–   Welch angenehmes Material sich zwischen meinen
Fingern bewegt   –
Durch meine unermüdliche Anstrengung, dadurch das ich
sehen will, nicht blind sein will:
Entspringt immerwährend Farbe aus meinem Geist.

Sonne erscheint über Wanatu. Sie lächelt und umarmt Wanatu.
Dann wendet sie sich jäh ab und spricht zu ihm.

Sonne: Indem du handelst gebiert sich etwas in dir.
Empfindest du nicht ebenso, dass auch im Dunklen sich
Anmut verbirgt?
Das Dunkle glänzt in dir nun wie feines,
schwarzschimmerndes Arabesk, nicht mehr grau, nicht mehr
leblos, nicht mehr so öd, so fad und leer. Erst in der
Einsamkeit findest du die Mitte, dein Zentrum, einen Ort
absoluter Parallelität, hier vernichtest du die Angst, hier
erfährst du endlich wirkliche, wahre Freundschaft. Wenn du
diese findest und diese teilst, wenn du zu mir, wenn du zum
Guten eilst, dann wirst du lernen was Glück bedeutet.

Wanatu: Vielen lieben Dank liebe Sonne, denn von nun an
zerschmettere ich das Bild das mir gegeben ward. Ich zerstöre
die Welt, die mich in Ketten legte. Ich nutze die mir gegebenen
Werkzeuge und beginne zu bauen. Ja, ich allein erwähle mir
meine Lehrmeister, ich allein fühle ihnen auf den Zahn. Lodert
in ihnen dasselbe unauslöschliche Feuer, welches sich durch
das harte Metall ätzt?
Vermögen auch sie Lasten zu tragen, welche drücken, welche
Schmerz bereiten tagein – tagaus, sind sie in der Lage zu
leuchten, gerade dann wenn die Finsternis am stärksten
lodert, bedrängt und eingepfercht in einer Höhle.

O Sonne, nur du sollst meine Mentorin sein, nur du vermagst mein Feuer zu erhöhen, nur bei dir spüre ich die grenzenlose Leidenschaft – die unbändige Hitze: die reine Freude bei dem was du übst.

Sonne: Unsere Wege werden sich von hier an trennen Wanatu. Dir weitere Antworten zu geben ist mir doch recht müßig, zudem bin ich müde. Weil du vorhin mich nicht direkt verstandest und ich dich darob fortschickte , musste ich einen neuen Mond suchen, den wichtigsten meiner Sekretäre. Da ich keinen adäquaten fand, erschuf ich mir infolge einen neuen Mond, der wunderbar mich in meinem Takt begleitet, sodass ein Planet entstand mit zentilliarden Lebewesen. Anschließend bewegte ich mich die elend weite Strecke zu dir hin, und dir jetzt noch weitere Dinge zu erklären, fehlt mir schlicht die Lust dazu.

Nur eins möchte ich dir doch mitgeben mein kleiner Freund: dem Teleskop, von dem aus du zu mir gelangtest, vertraue nur halbherzig. Es hat ein Herz aus Metall, ein schweres, hinderliches Organ, welches ausschließlich Öl durch seine Venen pumpt.

Von Menschenhand geschmolzen, durch diese zum Stab gebogen, vermag es dir kühnste Gebilde zu zeigen, aber reden kann es nicht zu mir, meine Sprache versteht es nicht. Doch du Wanatu, und Ayasha, ihr vernahmt die Klänge meiner Worte, euch umarme ich, eure Werke sollen von guter Natur sein.

Nachdem Wanatu eine angenehme, losgelöste Regung verspürt, richtet die Sonne wieder ihr Wort zu ihm.

Sonne: Ein Jahr sollst du hier verweilen, so wirst du nun dem Tiere gleichen, dem auch deine Seele entspricht. Also Wanatu, lebe wohl. In einem Jahr führe ich dich zurück nach Ischtar.

Sonne verlässt die Bühne.

Wanatu merkte, als die Sonne vom Horizont verschwand, und dieser nur noch drei Sonnen in der Mitte zerschnitt, dass er die Gestalt eines Geparts angenommen hatte. Sein goldgelbes Fell war an der Bauchseite deutlich heller und x-fache schwarze Flecken übersäten es. Das noch dunklere Gesicht trug zwei schwarze Streifen, die wie Tränen von den Augen zu den Mundwinkeln liefen. Und seine langen, schlanken Beine, sowie sein dünner Körper ähnelten sehr dem eines Windhundes. Seine Pfoten trugen dicke, schuppige Sohlen, wobei er die Krallen nur bedingt einziehen konnte.

Nach einem Jahr kam schließlich die Sonne wieder, um Wanatu abzuholen, und er erzählte ihr, der eifrig zuhörenden Sonne, wie es ihm erging auf diesem wunderlichen Planeten namens Abraxis.

III

"Wanatu, Wanatu!", rief eine basslastige Stimme zu mir liebe Sonne, gleich am ersten Tage als ich mich schlafen legen wollte. Ich suchte nach der Stimme und entdeckte schließlich vor mir, krabbelnd über dem Boden, einen Skarabäus der rasch seine dünnen, spektralfarbenen Flügel zu schlagen begann, sobald ich ihn ansprach. Er war sehr nervös und machte auf mich den Eindruck, er sei völlig überarbeitet und übernächtigt, und ließ sodann eine Dungkugel fallen, welche hüpfend aus der Steinhöhle hinab rollte. Danach flog der Skarabäus in die Ritze eines Felsspaltes, dann von dort wieder hinaus, durch das summende Echo der Wände, und raste schließlich in das turmhohe, umher schwankende Grasmeer, welches vor der Höhle hin-und her wankte.

Er hatte Angst, eine solch große Angst, dass er „Bsss – bsss" immerzu lispelte.

Wie dem auch sei, der Skarabäus also, welcher zitternd vor mir her krabbelte – seine aneinander reibenden Chitin-Platten erzeugten Geräusche wie aufeinander prallendes Holz, wie das klackernde Gebiss eines Nussknackers – ergriff mich beim linken Arm. Der Käfer schleuderte mich in die Lüfte, während ihm die Tränen aus den dunklen Augen rannen. „I-ich möchte dich nicht angreifen, a-aber ein Gepard? W-woher kommst du?", stotterte der Skarabäus. „I-in diesem Gebiet findet man keine Geparden. D-diejenigen die hier am höchsten im Rang stehen sind die W-w-wölfe. M-mich lässt man in Ruhe. D-d-diejenigen die sich erlaubten meine Grenzen zu überschreiten", und der Käfer schnaubte einmal auf und begann nun konstant und mutig zu atmen, „habe ich in Stücke gehauen!!"

Mein linkes Bein schmerzte mir immer noch, welch Kraft doch dieses eigentümliche Wesen besaß, welch Kraft auch von seinen letzteren Worten ausging. Ganz verlegen schaute er zu mir hin, doch sein Blick war stets auf mich geheftet, und stetig entwich ihm die Furcht. Mir fiel wieder ein, dass ich als Jüngling seinesgleichen verehrte, ihn, den heiligen Pillendreher.

„Wie heißt du?", fragte ich ihn.

„Ich bin Skarabus", erklang seine basslastige Stimme wieder, die nun nicht mehr feindselig war.

„Skarabus nennst du dich also. Ich bin erfreut deine Bekanntschaft zu machen. Desweiteren sei unbesorgt, ich werde dir kein Leid zufügen, wobei ich nicht mit Sicherheit sagen kann, wer hier wem Leid zufügen würde. Wenn ich mich vorstellen darf: ich bin Wanatu."

„Sei gegrüßt Wanatu", antwortete Skarabus, auf dessen Miene sich ein zaghaftes Lächeln abzeichnete „zu meiner außerordentlichen Kraft sei gesagt, dass diese nichts Besonderes ist, denn ich plackere und schufte jeden vermaledeiten Tag, jede verfluchte Stunde, bis mir endlich die Augenlider wie zentnerschwere Ziegelsteine zufallen, aber nicht direkt, denn vorher habe ich eine bestimmte, eine unmögliche Zahl an Dingen zu verrichten. Erst dann gestatte ich meinem schmerzenden Leib sich auszuruhen."

Als er dies sagte, schlug auf einmal die Dungkugel am Ende des Erdhügels auf, genau dort wo ein harter, massiver Fels lag. Der um ein hundertfaches größere Fels zerstob zu etlichen Splittern, er explodierte fast, einen lauten, drückenden Knall über die Ebene werfend.

„Was schleppst du da mit dir herum?", fragte ich Skarabus, „das ist kein gewöhnlicher Dung. Jener Stoff wiegt durchaus eine Tonne, wenn nicht mehr. Er zertrümmert sogar Gestein. Das trägst du den lieben, langen Tag mit dir herum?"

„Das was ich da mit mir herum schleppe ist der Stuhlgang sogenannter Mega-Gulraken. Und diese ernähren sich von Gestein, sowie von Metallen, ganz besonders von Molybdän."

„Molybdän?", forschte ich nach.

„Ja, ganz genau. Ein hochfestes, zähes, als auch hartes Metall mit einem silbrig weißem Glanz. Zudem besitzt es einen recht hohen Schmelzpunkt und ist außerordentlich resistent gegenüber Säuren. Doch in den Mägen der Mega-Gulraken brodelt, zischt und rumort es unermüdlich wie in einem Hochofen. Weiterhin kannst du dir unter Mega-Gulraken blindschleichenähnliche, riesenhafte Gestalten vorstellen, die mit ihren fledermausgleichen Flügeln über die Lüfte herrschen. Aus ihren großen, schwarzen Augen lodert das Selbstbewusstsein ihrer Macht, und obwohl es nur eine handvoll von ihnen gibt, fürchtet sich jeder vor diesen Ungetümen, vor ihren ohrenzerfetzenden Schrei, der schrecklichen Druckwelle ihres Gebrülls, mit dem sie auf die Jagd gehen."

Skarabus kratzte sich kurz am Kopf, so als begriff er endlich, welch Unnot sich seiner bemächtigte, welch unberechtigte Angst er vor mir hatte.

„Ja!", dachte ich in diesen Moment „ja, ein Gepard bin ich, ein Raubtier, welches sich von Fleisch ernährt, ein Tier das Leben nimmt, ein Tier das nicht mit jedem Freund ist, aber dieses Wesen, dessen Bekanntschaft ich machen darf, eine Seele die leidet, jemand der aufsteht, egal wie hoch die Klippe vor ihm ragt, diesem zolle ich Respekt, diesem kleinen tapferen Käfer.

Anschließend senkte er sein Gesicht und blickte weltverloren ins Leere, um nach einer langen, schweren Pause mir mitzuteilen, was ihn noch bedrückte.

„Wie lange schon mache ich das nun, tagtäglich mich mit der gleichen Sache zu beschäftigen: irgendwelchen Unrat zusammen zu pressen, und diesen vor mir her zu schieben. Aber eigentlich schiebe ich ihn nicht vor mir her, ich drücke den Unrat mit meinen Hinterbeinen vorwärts. Rückwärts gehe ich, rückwärts, um dann schließlich – sofern ich eine genügend weiche Stelle finde – ein riesiges Loch zu buddeln, und die Kotkugel darin zu verfrachten. Spaß macht das nicht, und einen Sinn sehe ich sowieso nicht darin. Permanent wüten die Gedanken in meinem Schädel:<< Was mache ich hier? Wozu mache ich das? Lerne ich dadurch etwas, durch diese Tätigkeit, bringt sie mir etwas, entwickele ich mich durch sie weiter, gewinne ich neue Erkenntnisse? Entdecke ich mich selbst, indem ich mache, was ich mache?>>

Es stinkt Wanatu, stinkt zum Himmel! Und das Schlimmste ist, wenn ich in die Gesichter meiner Artgenossen blicke, diejenigen die immerhin meiner Spezies angehören – ach wenigstens einer von ihnen müsste mich doch verstehen – sehe ich ausschließlich in todmüde, vereinsamte, weltentfremdete Augen – in Masken starre ich, in verblendete, träge, missmutige Gesichter, die ihr größtes Vergnügen in der Selbstlüge finden, im Hass oder im Bösen, das sich hinter ihrem falschen Lachen verbirgt.

Schau mich an Wanatu, ich erschaudere wenn ich in den Spiegel sehe, sehe wie der Zynismus, wie das Gift mich zerfrisst, und ich immerzu zu der gleichen Antwort gelange:

<<Das bin nicht ich!, nein, nein, nein, das bin nicht ich!>> Jeden morgen raffe ich mich auf, jedes einzelne meiner Glieder knackst und stöhnt beständig, macht sich irgendwie verlautbar, sogar im Schlaf! Nicht mal den finde ich, nicht mal Ruhe in der Nacht. Dann tauchen sie auf: die Dämonen und Geister, die im Tageslicht mich so sehr peinigten, und nehmen ihre schreckliche Gestalt an.

Irdische Wesen können sich nicht ausmalen, nicht im Entferntesten, wie furchtbar die Hölle in Wirklichkeit ist, und genauso verhält es sich anders herum.

Nimm mich mit Wanatu, lass mich aus dem Sumpf steigen, ich flehe dich an, lass mich dein Gefährte werden!"

Skarabus blickte mit den Augen eines Säuglings zu mir hinüber, deren verträumte Oberflächen im hellen Glanz des Mondes leuchteten.

„Lass mich dein Gefährte werden!", wiederholte sich seine brummige Stimme in meinem Inneren.

„Lass mich dein Gefährte werden ... ..."

Einen besseren Kumpanen hätte ich mir nicht vorstellen können, einen der mir die Notdurft wegräumt, jemand bei dem ich mich sauber fühle, einen der es liebt im Dung zu wühlen. Doch eher überzeugten mich seine Statur und sein felsenfester, fokussierter Blick. Mir zuckte kurz das Auge, ja, diese Kreatur gehört zu anderen, windigeren Gefilden, zu frischer, heitrer Luft.

Er sprach sodann weiter und vertraute mir noch anderes an, sein dringendes Bedürfnis stillend, sich jemanden mitzuteilen.

„Höre mich an Wanatu!", sagte er zunächst.

„Erstaunlicherweise empfinde ich in deiner Gegenwart keine Nervosität", und dann bewegten sich Skarabus` Lippen; er flüsterte und sprach leise einen Gedanken vor sich hin:„ Er scheint durchaus eine gute Seele zu haben", dass sich seine Mundwinkel in Form eines Halbmondes wölbten.

Ein schelmisches Lächeln wich schnell von seinem Gesicht.

„Weißt du, um überhaupt in die Gänge zu kommen, für die erste Dungkugel, dann die Zweite, sofort die Dritte, usw. ... bis zu sechzig Stück! Der Dung riecht, man schmeckt ihn bei nahe wie ein Tropfen Gülle, der deine Zunge verseucht. Immer wieder finde ich Haare darin, bleibe in ihnen stecken, und stinke danach. Mir ist es nicht vergönnt mich zu waschen. Also warte ich bis kurz vorm Schlafen gehen mit der Hygiene. Aber ich schaffe es nicht, zu müde bin ich. Mitten im Schlaf erwache ich dann, entrissen vom beißenden Gestank und erblicke meine eingewickelten Beine, erblicke meine eingewickelten Arme, worum sich in Kot gebadete Arschaare schlingen, genau diejenigen der Mega-Gulraken.

Darum hasse ich sie: die Mega-Gulraken. Es waren einmal 36 von ihnen, jetzt sind es nur noch fünf. Ich allein erledigte sieben."

Auf seinem Körper erkannte ich die Narben, die von den Kämpfen zeugten, etliche Narben welche jedoch, so machte es für mich den Eindruck, wieder am verheilen waren, jetzt genau in jenem Moment, wo er begann weiter zu reden.

„Weißt du, regelmäßig kaue ich Koka-Blätter, durch diese kann ich mich konzentrieren, dadurch überwinde ich meine Ängste. Hier sind so viele Tiere, und so viele befassen sich mit dem Tod. Die Geier, als auch die Hyänen, die Gespensterheuschrecken und Fisch-Säugetiere. Jedes Tier hat Hunger, jedes Tier folgt diesem Instinkt. Doch ich übe Verzicht, ich ernähre mich nicht vom Fleisch. Die Tiere stillen ihren Durst in den Sümpfen, sie sind verunreinigt, nichts möchte ich von ihnen kosten, nur Gesundes soll meinen Magen füllen, nur ich entscheide darüber. Dennoch kaue ich Koka-Blätter, um endlich den Einklang zu finden, der da ist, der existiert!"

Ich gab Skarabus hierauf keine Antwort, da ich einen heftigen Druck auf meinen Schläfen verspürte. Ich machte es mir lediglich gemütlich, und legte mich schlafen.

„Zeit zum aufstehen Wanatu, Zeit zum Aufstehen, bss, bsss!", rief Skarabus aufgeregt.

Als ich meine Augen öffnete, kurz Skarabus` hektische Gebärden bemerkte und mich anschließend umsah, erschien mir die Gegend, die mir gestern noch so vertraut, so gastfreundlich gegenüberstand, so vollkommen verändert, in vollkommen neuer Gestaltung.

Da schlängelten sich hundert Meter hohe Bäume wellenartig in die Lüfte, worin sich mir ganz unbekannte, prachtvolle Vögel verbargen.

„Kurreh, Kurreh!", schrien sie kreuz-und quer, und unterhalb der Baumkronen nieselten ihre bunten Federn herab. Jedes der Vögelchen verlautbarte sich anders, in Tonlage, in Rhythmus, in dem was es mitteilen wollte – man hörte die Wut, man hörte die Angst, die Unruhe, die Freude und das Glück, jedes in seiner eigenen Gemütsverfassung, jedes versuchend sich auszudrücken, jedes versuchend besser, schöner, herrlicher zu klingen als das Andere... ein wahres Krähenkonzert erstreckte sich aus dem mich umgebenden Wald, posaunte und klirrte in schiefen Tönen.

Zwischen den hohen Bäumen, welche beträchtliche Ähnlichkeit mit Linden hatten – teils wickelte sich das Astwerk zu einem Geflecht ineinander, teils strebte es in gleichen Abständen aufwärts, teils im wunderbaren Chaos, tanzend durch das schimmernde Blättermeer – sprossen absolut rechtwinklige, balkenhafte Stämme empor, die, sobald sie eine bestimmte Höhe erreichten, immer im selben Maß einen knolligen, verholzten Ballen bildeten. Den flauschigen, moosweichen Boden bedeckten giftig aussehende, türkise Pilze. Sie errichteten Straßen, ordentlich zu zwei Seiten aneinandergereiht, die schnurstracks ins tiefe, fast undurchdringliche Dickicht führten. Um die balkenhaften Stämme wand sich quirliges Efeu, das sich unablässig bewegte mit seinen Fangmäulern, die ähnlich aussahen wie die einer Venusfliegenfalle, sich aber in ihrer Größe und vor allem in ihrer Aktivität unterschieden.

Eine Libelle, die die Länge meines Beines besaß, flog dann in zick-zack Bahnen durchs Dickicht, hie-und da blieb sie stehen, und tastete sorgsam die Umgebung mit ihren Facettenaugen ab. Sie befand sich gerade vor einem der zitternden Fangeisen, sicherlich gelockt von dem süßlichen Duft, der überall die Bewaldung durchströmte, und wurde, in dem Moment als sie sich wieder abwenden wollte – zum Teich der weit hinten am Horizont sich zwischen den winzigen Hohlräumen des Buschwerks andeutete – von einem Fangmaul ergriffen, welches ihr schmatzend die Därme zerquetschte, dass diese dickflüssig hinab tröpfelten. Doch dies unappetitlich aussehende Sekret, zersprang wie eine zaghafte Wasserperle und sickerte ein in den weichen Erdboden. Winzige, mikrobenhafte Pflänzchen bedeckten bald die wenigen Flächen, die nicht von der Wildnis beansprucht wurden, dass die mageren, so schwer zu erkennenden, so schnell zu zertrampelnden Blümchen im Nu in die Höhe schossen.

Sie kletterten hinauf an den balkenhaften Stämmen entlang in Form einer Doppelhelix und machten diese ründlich, das Eckige, das Widersprüchliche zur Umgebung entfernend, die Fangeisen entfernend, von wo aus sich ein goldglänzender Rosenkäfer rettete, und versammelten sich reigend auf den dicken Ballen, den zuvor hässlichen, vernarbten Knäueln, wo sie einander umarmten und kitzelten, dass flugs die Bewaldung von ihren Pollen durchflutet war. Wie Pusteblumen segelten sie daher, sich an den Stellen niederlassend, wo der warme, behutsam tragende Wind sie hinführte.

Aus der sich so rasch ändernden Natur, kamen raschelnd aus dem Gebüsch achtsam daher schleichende, gespensterhafte Kreaturen zu Tage, auch dort wo Skarabus sich gerade aufhielt. Sie berührten kaum den Boden und bewegten sich um ihn, bis die drei aus der Wolkendecke hervorbrechenden Sonnen ihre hellfunkelnden Strahlen auf ihre Leiber warfen. Da waren sie, die Raubtiere von denen Skarabus sprach: ein Rudel Hyänen, das sich um ihn scharte, sich gegenseitig die scharfen, großen Zähne entgegen fletschend. Eine Hyäne packte eine Andere am Hals, biss, rüttelte ihren Kopf hin-und her, den Wahnsinn in den Augen, und labte sich anschließend im Blut, nach-und nach ihr Opfer verspeisend, das immer wieder zuckte, sobald die Hyäne erneut ihren Kiefer hinein stieß. Die Misshandelte heulte und winselte aus den niedersten Abgründen ihrer Kehle. Die zitternden Pfoten schürften die Erde frei. Das Tier weinte, schrie und bat um Gnade, während es stückweise von ihrem Rudel zerrissen wurde.

Das Rudel pirschte nun um Skarabus, ihre schneeweißen Augen auf ihn geheftet, knurrte und bellte, die Münder noch halb vom Blute verschmiert.

„Wir fressen dich!"

„Ich fresse dich!"

„Nur Qualen werden wir dir zufügen, nur Böses wünschen wir dir. Verderben sollst du, von unseren Mäulern zerfetzt!"

„Ich hasse dich, ich verachte dich!", sagten ihre Blicke, ihre weit aufgerissenen Augen.

Dann versteckten sie sich im Gestrüpp, wonach freundlichere Tiere aufkreuzten. Eines davon war ein Dachs, welcher gleichgültig aus der Richtung daher schlenderte, wo sich soeben die Hyänen verborgen hatten. Man erkannte noch die weißen Punkte ihrer suchenden Augen, die unterdrückte, bald zerplatzende Mordlust. Leise, fast zischelnd machten sich ihre Stimmen bemerkbar, und leise hörte ich das Schlecken ihrer Zungen.

„Gleich ist es soweit, gleich ist es soweit!", hörte ich sie hasserfüllt flüstern, „gleich töten wir dich, gleich!"

Nur dem Dachs interessierte das Ganze recht wenig, dieser glitt wie ein Schatten durch ihre Reihen, beachtete kein Stück ihres kettensägenartigen Knurrens, und verneigte sich anschließend leicht vor Skarabus, der fortwährend wie festgewurzelt auf der Stelle blieb. Skarabus blickte dem Dachs nur kurz in die Augen. In dem Moment bemerkte ich, dass das Rudel sich gedämpft in die tieferen Ebenen des Waldes zurück zog, und bemerkte ebenso, dass Skarabus dies auch registrierte.

Und dann entdeckte ich, aus einem Büschel wackelnder Blätter, die lange Nase des Dachses, die kleinen, spitzen, auf- und ab hüpfenden Zähne seines schmalen Mundes. Er sagte darauf, die Schnauze gen Skarabus gerichtet:„ Mein Fell trug nicht immer diese Farbe, rot war es, rot wie der Stoff der meine Adern durchdringt, der meine Augen durchdringt. Die Welt offenbarte sich mir in roter, tiefbetrübter Farbe – gebückt ging ich, meinen Blick niemals zur Höhe richtend, niemals zum Höheren strebend. Ich grub und buddelte als gäbe es kein Morgen mehr. Hier einen Tunnel, dort einen Tunnel, ja hier errichte ich eine Schlafstätte, und hier verwende ich gelegentlich Zeit zum Wohnen, mich ins Heu niederzulegen und meine Gedanken zu ordnen, doch das tat ich nicht: hier eine zusätzliche Lagerstätte, wo saftige, wohlschmeckende Äpfel mich erwarten werden, wenn ich meine bis zum Ansatz zerschürften Krallen endlich pausieren lasse. Nein, weiter und immer weiter, den halben Waldboden habe ich umgegraben, die Wuzeln gepflegt, die Pilze genährt. Aber was rede ich, das kennst du alles nur zu gut, so wie ich fast alle Tiere hier im Wald kenne, auch dich, kleiner, tapfrer Skarabus."

Er schaute weiterhin unverwandt zum Boden, getraute sich nicht aufzuschauen, und sah zufällig in eines der Bauten des Dachses, ins matte, lichtaufsaugende Schwarz, woraus – Skarabus selbst bemerkte es nicht, nicht mit diesen leblosen, weltentrückten Augen – zwei schimmernde, weibliche Dachsäuglein ihn betrachteten.

„Skarabus!", hob das spitze, lustig hüpfende Maul wieder an „wahrlich, als Einzigen habe ich dich in mein Herz geschlossen, als Einziger warst du in der Lage für dich selbst zu leben ... Skarabus! ... Skarabus!", rief der Dachs. Und wieder:„Skarabus! Hörst du mich, hörst` was ich dir sage?" Ganz kurz drehten sich seine Augenwinkel zu ihm hinüber, wichen aber plötzlich zurück.

„Ja, du hörst mich mein verlegener Freund", antwortete der Dachs „jedes meiner Worte wiegst du ab, über jedes richtest du und vergisst dabei, dass es immer Worte bleiben. Mit deinem Pan will ich nicht streiten, nicht mal Worte wechseln, und ihn schon gar nicht sehen, das Ding was sich da in dir gebildet hat, das Geschwür dessen du dich nur zu gern und zu oft entledigst, welches aber immerfort erneut anschwillt: das Unding, mit dem du deine Umgebung beschmeißt.

Siehst du die schwarze Vogelfeder die gerade von der Linde fällt, siehst du wie sie das Grün zerschneidet, und sich gleich wieder mit ihm vereinigt, die weißen, abertausenden Härchen die tanzend, vom hellen Licht benetzt, sich freuen, ja lachen, weil sie die Fähigkeit besitzen ihren Weg zu bestimmen – weil sie leben, leben!, selbst wissend verbunden zu sein durch eine klare, sich verjüngende Linie, dass sie an dem Ort landet, nach dem es ihr beliebt, dass sie: die Feder, sanft mit dem Wind geht, liebevoll von ihm getragen."

Darauf zuckte Skarabus´ Schulter, gleich sein Augenlid, kurz darauf begann er am ganzen Leib zu bibbern.

„Was weißt du schon, wovon hast du schon Ahnung!", schrie er.

Mir war als stemmte sich sein bis dahin vollkommen stillstehender Schatten empor. Riesig wurde er und wuchs stets weiter, um schließlich gewaltig hinter seinem Rücken zu ragen. Auch der Dachs fühlte das, dass nur noch seine schwarze, feuchte, sehr knuffige Stupsnase aus dem Gebüsch lugte. Sie roch und schnüffelte und rümpfte sich, als bewege sich ein ätzender Geruch durch die Luft.

„Bleib mir fern du Wurm, geh zurück in dein Loch, nichts will ich von dir, nichts brauche ich von dir, Freundschaft gibt es nicht, Ehrlichkeit gibt es nicht! Jeder lügt, jeder betrügt, jeder schert sich nur um sein eigenes Wohl! Jedem dem ich einstmals begegnete, jeder mit dem ich Zeiten durchmachte, jeder bei dem ich dachte: ja auf diesen kann ich mich verlassen, wenn mir schwer ums Herz wird, wenn ich jemanden brauche, um zu reden, jemanden damit ich mich nicht einsam fühle, bei dem ich Geborgenheit finde, ja ihn kann ich fragen, ja diesen nenne ich Freund. Alle haben sich von mir abgewandt, alle mitsamt, keinen habe ich mehr, keinen! Zum Teufel kannst du dich scheren, du kennst nichts von dem was ich durchgemacht habe, du kommst aus einer anderen, helleren Welt! Spar dir deine teuren Ratschläge, spar sie dir oder du lernst meine zweite Seite kennen! Du weißt nicht, was es heißt hinter Gitterstäben zu sitzen, mit einem Dämon die Zelle zu teilen! Der Schlaf wurde mir geraubt, ich fresse Unmengen an Koka-Blättern, nichts hilft, nichts gibt mir meinen Schlaf zurück. Mitten am Tage kippe ich um und liege für Minuten ermattet, wie ein Sterbender sabbernd auf dem Boden! Ich will nicht wissen, was ich habe, halb tot bin ich, halb entschwunden aus dieser Welt! Du kennst mich nicht, kennst nicht die Dinge die ich durchmachte!", endete Skarabus, heftig atmend.

Tiefe, kaum zu zersetzende Dunkelheit bebte in Skarabus` nachtdurchtränkten Pupillen, eine die von außen, eine die niemand zu vertreiben vermochte. Der Dachs stülpte sein Stupsnäschen erneut etwas hervor, und sagte kaum merklich:„ Nur einen Rat wollte ich dir geben, nur ein Freund sein, den du so bitter nötig hast, nur eine Idee dir geben, der du folgen kannst. Nur eines noch, bevor ich wieder gehe: dem Geparden gebe dich nicht hin, verlassen wird er dich, eilend zu anderen

Gefilden, spielend im eigenen Rhythmus, dessen Noten dir nicht eigen sind."

Nachdem er dies sagte, verschwand sein Stupsnäschen vollends und man hörte durch das Rascheln des Gebüschs, wie er von neuem einen Tunnel grub. Die Geräusche seines wilden Buddelns versiegten, dumpf einsickernd in den weichen Untergrund, dass von jetzt auf gleich all das Gewusel: das Knacken der Äste, ihr Rauschen, das Summen und Fiepen der vielen Insekten, das Quaken der Frösche, welches von weiter Ferner bis hierhin drang, jäh verstummte.

Eine geisterhafte Stille herrschte rings um uns, während er unbeeindruckt etwas vor sich hinmurmelte:„ Die Ente ist an allem schuld, die Ente und ihr Teufelszeug! Sie mit ihren gestreckten Koka-Blättern, ihrem unreinen Zeug, welches sie in die Sümpfe tunkt, damit es schwerer wird, mehr Rendite einbringt. Zu ihr gehe ich, an ihr entlade ich meine Wut!"

Dicker Nebel machte sich breit, als die Sonnen hinter einer milchigen, den Himmel gänzlich bedeckenden Wolkenwand abzogen.

„Komm Wanatu, komm, lass uns gehen, bloß weg von hier, ich ertrage keine Sekunde mehr an diesem Ort … zur Ente, zur Ente!", wisperte Skarabus.

Langsam, mit demütig geneigtem Kopf, schlich alsdann eine Hyäne zu dem fast zerfressenen Leichnam, Schritt für Schritt, im dichten, nieselnden Weiß, und verlor Skarabus nie aus den Augen. Zwei rote, flackernde Punkte erkannte ich, die immer nervöser zu blinzeln begannen.

Kurz darauf hörte ich ein Geräusch: das heraus gerissene, verwesende Fleisch, welches in der Schnelle zerkaut, glucksend zum Magen der Hyäne drang, als plötzlich ihr Jaulen die Totenruhe des Waldes zerbrach: ein schmerzerfüllter, in Missgunst getauchter Schrei.

„Du bist nicht besser als wir, du bist uns ähnlicher als du willst!", zischte die Hyäne, verhallend im erstickenden

Nebel. „Zum Teil bist du einer von uns, und es frisst und nagt in dir, bis du zur Gänze uns gleichst!"

Die Stimme klang so kalt, so leer, so entstellt, so wie sie sich auf einmal veränderte, ein völlig anderes Wesen annehmend, eines das kein Herz trägt. Mein Körper fing an zu zittern, die Krallen fuhr ich vollständig aus.

Ich war beruhigt, denn ich wusste: der Zustand in dem ich gerade verweile, lässt mich jede Angst überwinden. Doch nur Skarabus bewegte sich in meinem Radius, in das eng umzogene Feld, wo man noch klar sehen konnte. Er war in Blut gebadet, fiebernd, und von Sinnen.

„Z-zur Ente!", stotterte er, „auf z-z-zur Ente! Bss – bsss", während ihm dicke, kamesinrote Tropfen von den Armen liefen. Gleich spreizte er seine Flügel, die funkelten wie Schneekristalle, beschienen von den Sonnen, die schüchtern ihr Antlitz wieder enthüllten, und schwirrte stracks ins Dickicht.

Sollte ich ihm folgen? Genauso gut hätte ich in nord-östlicher Richtung meinen Weg einschlagen können, wo es heller war, wärmer, wo eines deiner schönen Ebenbilder, liebe Sonne, seine heilsamen Strahlen zur Erde warf.

Doch hielt mich etwas auf.

Was hatte ich denn mit ihm zu tun? Fast fremd war er mir eigentlich, um mich kümmert er sich nicht, nur ein Stock bin ich ihm, auf dem er sich stützt.

Zerbreche ich? Kann ich diese Last erdulden? Wie helfe ich, wie nur helfe ich? Vielleicht indem ich ihm der Einsamkeit übergebe, diesem reinen, erhabenen Lehrmeister? Ach, wird Skarabus ihn erkennen?

Horche ich in mich hinein, höre ich einen leisen aus der Tiefe hallenden Schrei, der langsam nach vorne dringt, um jäh von allen Seiten überdeutlich zu erschallen, und schließlich zerplatzt, erneut aufkeimend aus der unkenntlichen Ferne.

„Du magst ihn doch gar nicht, ein Lügner bist du dir selbst, schlecht handelt er, merkst du nicht wie sehr die Tiere sich vor ihm fürchten, erkennst du nicht das Übel, das Böse, welches sich seiner bemächtigt? Er wird dich mitziehen, mit in den Untergrund, den klebrigen, stinkenden Morast!", tönte es in meinem Inneren.

Sonne, o Sonne, wie freundlich du mich doch anlächelst, danke, dir danke ich vom ganzen Herzen, für all die Wunder die du vollbringst, dafür dass du immer für mich da bist. Nur wusste ich nicht, was mich aufhielt, zu dir zu eilen, zu dir, meiner Freundin, die du mehr als das bist. Was hielt mich auf? Was drückte mich vorwärts gen Skarabus, ins Dunkle, ins Schmerzvolle? Was war es bloß? ... In jenem verschwindenden Moment wusste ich es.

Aber wie du mich ansiehst liebe Sonne, wie herzhaft du lachst, du krümmst dich geradezu, als würdest du mich verspotten. Rede ich solch wirres Zeug, bin ich geblendet von deinem Anmut?

„Aber nein Wanatu, wo denkst du nur hin? Lache doch mit mir, freue dich mit mir, du machst mich sehr, sehr glücklich. Dein Herz öffnest du mir, lässt mich ein Teil von dir sein. Ach Wanatu, wie lustig du doch bist, ein kleines Kind bist du und dieses kleine Kind was da in dir ist, das verschließt du nicht, nein, ihm erbaust du einen wunderbaren Spielplatz. Habe keine Angst, glaube an dich, sei fleißig und wachse, Höhen wirst du erreichen, herrliche, schwerelose Höhen, und ich wärme dir den Rücken, dein Haupt, von innen wie von außen. Denn hier unten wirst du wirken, hier unten wirst du deinen Platz finden. Sei unbesorgt mein Held, wir sind auf ewig verbunden, wir lieben einander, du und ich, ich und du ... ICH, worin sich alles konzentriert, fließend zu einem Punkt. O, wie ich lache Wanatu, wie glücklich ich bin!

Was dich aufhielt fragst du mich, was dich aufhielt?! Na, erkennt`s du`s denn nicht?! Deine Seele mein Lieber, weil du Seele besitzt! Sie schlägt wurzeln; aus dem Boden holt sie sich ihre Nährstoffe, aus Mutter Erde, die mitunter kalt ist, fad schmeckt. Sie erblüht und eilt mir entgegen, aus den guten Taten die sie übt, im Kleinen wie im Großen.

Sei ohne Sorge Wanatu."

Und eine rege Woge durchströmte seine Brust, fahrend durch jede Faser seiner Glieder, ihn hinauf tragend, der wohlgesinnten Sonne entgegen.

Während er hinauf schwebte, zwei befiederte Schwingen seine Schulterblätter durchbrachen, eines im schwarzem das Andere im weißen Glanz getränkt, knüpfte er wieder an seine Erzählung, nachdem er ihr, seiner guten Freundin, noch dies anvertraute.

Es ist so schwer zu helfen, so schwer den richtigen Zeitpunkt, so schwer die richtigen Worte zu wählen, so schwer zu handeln, dass daraus Früchte erwachsen. Niemanden möchte ich mich aufdrücken, niemanden einengen. Frei soll er sein, Raum will ich ihm geben.
Die Angst erstickt mich, im Mitleid zu zerfließen, im Zorn mich zu verstricken, im Hass zu enden, die Freude am Leben verlierend, die Wonne in mir selbst.
Doch nahm ich die Prüfung an.
Liebe Sonne, stark will ich sein, mutig will ich sein, ich möchte dass du lachst.
So folgte ich dann Skarabus.
Ihm nacheilend preschte ich durch messerscharfes Dornwerk, zu dem Ende des schmalen Tunnels, der sich auf meiner Augenhöhe ins Gebüsch schneiste, so als raste ein Objekt mit beachtlicher Hitze da entlang.

Die Spitzen der Äste, sowie deren Nadeln, waren an ihren Kuppeln verkohlt, noch am qualmen, und brannten mitunter.

Ich zerschürfte mir die zähe Haut, die fast wie Leder von meinen Seiten riss, meinen Kopf und meinen Pfoten – ich biss, schlug mich voran, dem verrückten Käfer hinterher. Rasch wurden aus den kleinen Flammen, Größere, Auflodernde, das umgebende Grün Auffressende. Mit einer außergewöhnlichen Geschwindigkeit, mit einem maßlosen Wahnsinn, rieb Skarabus` Ctitin mit Sicherheit das Holz auseinander – zerberstet muss es sein, wie es da lag, in winzige Einzelteile zertrümmert. Überall wo ich hinblickte erkannte ich nur noch Qualm. Vor mir erstreckte sich eine unerschütterliche, graue Mauer, und darin flackerten meterhohe, bald hierhin, bald dorthin peitschende Flammen – zu Riesen schlangen sie sich, die in dicken Schwaden den Weg mir versperrten.

„Dort soll ich hinein, mich aufopfern für diesen Käfer, dem das Blut von seinem Panzer trieft?", dachte ich, die Hand schützend vor meine Augen hebend.

„Seinen Wahn habe ich nicht erzeugt, ihn vorangetrieben in seine Unrast, verlassen hat er mich doch bereits, auf ganz eigenen, mir entfernten, mir unergründlichen Pfaden hat er sich gewagt. Er wird verenden und daran kann ich nichts ändern, so gern ich es auch möchte."

Die züngelnden Flammen versengten mir schon das Fell, hinein reißen wollten sie mich, zu wütenden Schlingen geformt – sie wirbelten und drehten sich ellenlang nach meinen Gebeinen.

„Kein Pferd kriegt mich da hinein gezerrt, kein Skarabäus!", setzte ich meinen Entschluss und bewegte mich rückwärts, aus einem geschützten Winkel das Inferno betrachtend. Nicht ein Tier sah ich darin, nicht ein Insekt, keine Blumen, nur das knisternde Gehölz, welches fortwährend ineinander sank. Jetzt erst spürte ich, wie ermattet ich war, wie schwer es mir fiel, meine kraftlosen Glieder wieder aufzurichten. Wie niedergedrückt lag ich da, versickernd im Trübsinn. Meine Gedanken kreisten wild umher, zu Spiralen verkrümmt, die herzhaft auf den weichen Inhalt meines Schädels prallten. Schreie hörte ich, Rufe, Stimmen, Wesen die im Leid zergingen, aus dem unbekannten, ewigen Quell. Fetzen griffen sie auf, die mir vor Tagen, und auch dem damals Andauernden begegneten, sich unstet gebärdeten in meinem zerrüttetem Geist, als plötzlich, den harten Lärm verdrängend, eine Libelle vor mir auftauchte. Ich meinte, es sei die gleiche Libelle gewesen, welche zuvor von dem Fangeisen ergriffen wurde.

Sie besaß vier durchsichtige Flügel, die in angemessener Eile, sie auf der Stelle schweben ließen. Auf ihnen erkannte man nur feine, schwarze Linien, die sich kastenförmig darauf verteilten. Ihr Körper war erzgrün schillernd und das was sie von den anderen Libellen unterschied, waren ihre bunten, lebhaften Augen, die fast menschlich wirkten – ein Glanz ging von ihnen aus, als könnten sie direkt in mein Innerstes sehen, mehr von mir sehen, als ich jemals vermag. Erst blieb sie regungslos in der Luft stehen, um im nächsten Moment im zick-zack Kurs ins Feuer zu rasen, das stete, flatternde Geräusch ihrer Flügel zu den Winden gebend.

Dabei erklangen Töne, gleich denen eines Heimchens, welches gemütlich und verborgen im hohen Gras liegt – sie spielte ihre angenehme Melodie, ihr wunderbares Instrument, das ganz und gar ihr eigen war.

Vom wütenden Flammenmeer verschlungen – ich selbst verlor die Hoffnung, jemals dieses meisterhafte Wesen wieder bestaunen zu dürfen: ihre akrobatischen Flugkünste, ihre schimmernde Haut – kam es jäh wieder hinaus geschossen in leuchtend rotem Frack, durchnässt vom Wasser, welches sich ganz in der Nähe befinden musste.

„Falls du es noch nicht bemerktest Wanatu, die Dinge hier funktionieren etwas anders", posaunte ihre schrille Stimme sodann „was glaubst du wohl, warum wir Libellen uns in millionen Jahren nicht verändert haben? Wir sind zufrieden, aber das verstehst du nicht. Zufriedenheit denkt man nicht und man fühlt sie nicht, man ist es einfach. Das merkst du, wenn du umher wanderst und böse Kreaturen dich leidlich wenig interessieren, ja sie berühren dich nicht einmal, weil sie dir egal sind!"

Und sogleich versiegten meine nervenzerreißenden Stimmen, die beständig kleinlauter wurden. Keine Frage stellte ich der Libelle, obgleich mir etliche auf der Zunge lagen, nein, zu viel Ehrfurcht empfand ich vor dem Wesen, vor ihren Augen in denen mich nochmals Tausende absahen. Also übte ich mich im Schweigen.

Ein stechender Schauer ergriff mich, das Bild von Skarabus wie er zu mir hinblickte, im schwarzen Dunst verweilend, ihn aufsaugend – mich aufsaugend, indem er Worte benutzte, die wie Meißelschläge gegen meinen Kopf knallten, ohne Rücksicht, hauptsache sich selbst entledigend, indem er ein hartes, vertrocknetes Brot mir gab, an dem ich meine Zähne zerstieß.

Ich kämpfte dagegen an, gegen die Düsternis die sich meiner bemächtigte, gegen die Wahrheit, die sich erst allmählich zu mir heran wagte.

„Nun sei mal nicht so streng zu dir!", piepste die Libelle „Mühe scheinst du dir freilich zu geben. Also folge mir jetzt, durch`s Feuer willst du ja gehen."

Eine Schweißperle rann mir von der Schläfe, fast in dem Empfinden als besäße ich wieder menschliche Züge, nur teilte sich die Perle, zerschnitten von den unzähligen Haaren meines zerzausten Fells.

„Du bist doch ein eigenartiges Subjekt", hob die Libelle an. Der Ton ihrer Stimme wurde weicher.

„Was fürchtest du dich denn vor dem Feuer, genau aus diesem wardst du doch geboren, wie die Meisten der Wesen hier. Aber ich schlüpfte aus dem Wasser. Die Hitze spürst du, weil du sie dir einbildest! Sie existiert doch gar nicht. Sie wird dir nur von außen vorgegaukelt. Ach Wanatu, ein Engel möchtest du sein und dennoch bist und bleibst du ein irdisches Wesen, ohnmächtig vor der Angst, die in dir lebt. Glaube mir, die meisten Antworten sind einfacher, als du es dir vorstellst. Du besitzt Werkzeuge Wanatu, und deines ist stumpf, weil du es falsch gebrauchst, mit viel zu viel Druck, ohne dass du dir etwas Freiraum gewährst, ohne dass du behutsam zu dir selbst bist. Ach, könntest du dich nur schälen, wie eine bekömmliche Frucht, dieses Fell ablegend, dieses Muster, schon würde die Welt in ganz anderen Farben erstrahlen. Doch bist du nun mal kein Tier, deine Wege sind verworrener, verwinkelter.

Jetzt nimm einen tiefen Atemzug und lass diesen wieder gemächlich hinaus gleiten. Dann nimmst du abermals einen, einen Tieferen, bis du Drei vollführt hast."

Als ich meine zeitüber geschlossenen Augen wieder öffnete, waren die Flammen in reines Blau getaucht, welche leicht hin-und her flackerten, einen beruhigenden, zuwinkenden Tanz vollführend. Direkt zu ihren Füßen, durch diese hindurch blickend, erkannte ich hinter ihrer helleren, vereisten Färbung den vom Schilf umwachsenen Teich, in dem sich die Libelle gebadet hatte. Konzentrische Kreise bewegten sich noch darin, und zwischen den Gewächsen lugten bräunliche, weich aussehende Kolben hervor, die zart vom Wind gekitzelt wurden – breiter wurden, weißer, aufgingen wie ein junges, fluffiges Küken.

„Los Wanatu, beeil dich!", rief die Libelle, die schon in Richtung des Teiches summte, schon hinein platschte. „Na komm, trau dich, spring hinein, das Wasser ist herrlich warm!", rief sie weiter, und lächelte dabei vergnügt.

„Das ist Irrsinn, sich ins Feuer zu stürzen, auch wenn die Flammen nicht mehr lodernd, weit weniger bedrohlich wirken! Trotzdem bleiben ihre Eigenschaften die gleichen! Ich sehe doch wie sich das Efeu windet, welches fest umschlungen an den Bäumen haftet, wie es sich krümmt und dann zerschmilzt. Doch nur dieses Kraut wird vom Feuer vertilgt, die Anderen, dem Erdboden nahen Gewächse bleiben unberührt, ja sie tanzen miteinander."

„Was ist denn nun Wanatu?", fragte die Libelle unverwandt und warf sich das klare Wasser mit ihren vier eifrigen Flügeln über die Schultern, dass bald ihre Hautfarbe sich änderte, und ich lediglich ihre bunten, lustigen Augen aus dem erregten Teich sah. Darauf tauchte sie unter und bewirkte, indem sie über sich die Oberfläche zum blubbern brachte, zig sanft daher segelnde Blasen, die leuchtend wie ihre Augen, gemächlich zu mir hinüber flogen, um nacheinander sacht auf meiner Nasenspitze zu zerplatzen. Auch diese blieben vom Feuer unberührt, auch diese tanzten miteinander.

„Bist du eine Angstkatze?", fragte die Libelle, nachdem sie wie ein Pfeil aus dem Wasser geschnellt, auf-und ab flatterte, „willst du dort Wurzeln schlagen, auf Ewigkeit dort gebunden sein?"

Langsam wagte ich mich sodann heran, mit bibbernden Knien, zusammengekniffenen Augen, „auf Wanatu, auf!", stets im Vordergrund hörend, bis die Libelle endlich aufhörte mich unermüdlich aufzufordern – auch sie erschöpfte sich irgendwann. Doch johlte sie nun:„ Wanatuuuh, Wanatuuuuuuuh …", unablässig mich auslachend, wie ich zwischen meinen Zähnen, einen länglichen Ast vorsichtig in die feurige Brunst hielt.

Musste sie mich denn verhöhnen? Konnte sie nicht einfach im Wasser planschen, darauf warten dass ich in geraumer Zeit zu ihr hinüber komme, wenigstens die zwischenzeitlichen, lästigen Kommentare sein lassend?

„Schau mal Wanatu, da kriecht eine Schnecke an dir vorbei, und diese schleppt noch einen Schildkrötenpanzer mit sich herum, worauf nackt, die Schildkröte selbst drauf platziert ist. Gleich habe ich zwei neue Spielkameraden!" Und später johlte sie meinen Namen wieder, nur zaghaft, nur um mich zu ärgern.

„Sie macht Trockenübungen, Trockenübungen!", lachte die Libelle. Aber da war keine Schnecke und noch weniger eine nackte Schildkröte, die absurd auf dieser herum strampelte.

Schließlich fasste ich all meinen Mut zusammen und sprang mit geschlossenen Augen, leise schreiend ins Feuer. Komischerweise erzeugte ich gerade da ein Echo, als ich wie ein ängstliches Mädchen, kreischend mich überwand. Vorne hörte ich die Libelle vergnügt kichern.

Nichts spürte ich – erst einmal – einzig das zärtliche, mich umgebende Feuer, welches in sanftem Blau, mir das Umfeld noch klarer zeigte, noch einhellender offenbarte, lieblich mich streichelnd und sanft in die Zwischenräume meines Fells fahrend, das sich erwärmt zu kräuseln begann. Ringsum erblühten die Pflanzen erneut, herrlicher als zuvor, gesünder, und in ebendieser Farbe, die sich rasch zu allen Richtungen ausfächerte. Bald war ich von einem lebhaften, cyanfarbenen Meer umringt, das fast an meinen Pfoten hinauf kletterte, sich aber dann schüchtern zurückzog.

Mich trennten nur noch wenige Meter vom Teich und die Libelle sagte bereits:„ Gleich hast du es geschafft!", als plötzlich ein dumpfes Kribbeln meine Glieder hinauf wanderte. Kurz darauf begann ich zusammen zu zucken und anschließend mich vor Schmerzen zu krümmen, zu schreien, zu brüllen, wie ich niemals zuvor gebrüllt hatte. Mein Schrei erscholl durch den gesamten Wald und schreckte die wenigen Tiere auf, die sich zufällig hierher verirrt hatten.

„Ich verbrenne!", kreischte ich, die Krallen in meine Schläfen rammend „zum Narren hast du mich gehalten

Libelle! Meine Gebeine zerschmelzen, mein Unterleib, mein Gesicht!"

Ich wälzte mich über den Boden, riss Efeuranken aus der Erde, schlug um mich, unwissend wo links noch rechts war.

„Werde ich so sterben, von einem Insekt in die Irre geführt, soll das mein Ende sein, werde ich mein geliebtes Ischtar niemals mehr zu sehen bekommen?", ging es mir durch den Schädel, die Libelle verfluchend, die mich auf diesen Pfad gelockt hatte.

„Solche Qualen kann kein Lebewesen ertragen, keinen Bruchteil davon erdulden!", fauchte ich, nach vorne preschend, nur hinaus, nur weg aus dem Inferno. Ziellos rannte ich umher, und fand doch keinen Ausweg, egal wie weit ich lief. Zum Teich wollte ich, zum Wasser, zur verlockenden Abkühlung, zum Unbeschreiblichen. Nur war da kein Teich, keine sagenhafte Erholung, nur Schmerzen, nur Qual, obgleich ich den richtigen Weg einschlug, dessen war ich mir sicher. Dann hörte ich wieder das Flattern, das verführerische Auf-und Abschlagen ihrer Flügel, gegen das ich nun eine unsagbare Abneigung empfand. Wie besinnungslos warf ich meine Krallen aufwärts, dem Rauschen entgegen, entgegen dem dummen Lachen der Libelle, der es sichtlich Vergnügen bereitete, mich in der Pein baden zu sehen, mich darin ertrinken zu sehen.

Ins leere schlug ich leider, wehmütig zu dir hinauf blickend liebe Sonne, Träne um Träne vergießend, im Gewahrsein der letzten Augenblicke, die ich kämpfend zutragen musste.

„Das Prinzip der Geraden!", erzählte mir die Libelle auf einmal.

„Kreuz- und quer wandelst du, die einfachste, dir eigene Strecke missachtend, die besonders für dich geebnet wurde. So gehst du mal da hin, mal dort hin, immer auf fremden Wegen, obwohl du das weisst, zumindest dein Bewusstsein mit dem du stetig im Zwist bist. Kannst denn du dir selbst nicht die Richtung geben, nach der du so verlangst, musst denn du ständig im Chaos dich bewegen, fürchtest du so sehr, dich selbst dabei zu verlieren? Versuche es doch einmal, dich in einer einfachen, freien Linie zu bewegen. Dann erscheint es dir auch nicht mehr, als würdest du auf Kohlen gehen, dann wirst auch du mehr zum Wasser."

Diesmal lachte die Libelle nicht und ihr sarkastischer Unterton versiegte gänzlich, dass ich allmählich mein Misstrauen ablegte, meine Wut.

Den Boden empfand ich immer noch als brütend heiß, als würde ich auf sengender Lava stehen, doch begann ich nun einen Schritt nach dem Anderen auszuführen, weiterhin unendlichen Schmerz verspürend. Ich verkniff mir das Geschrei, was half es mir, denn ich erduldete, jeden Nerv meines Körpers hörend, die mit weit aufgerissenen Mäulern nach Erbarmen kreischten.

Dennoch hielt ich Kurs, geraden Weges zur Libelle, bis ich schließlich nach siebzig Schritten an einer scharf abfallenden Klippe stand. Vor mir erstreckte sich eine dicke, unermüdlich wabende Wolkenwand, die gräulich-weiß, eine sanfte, bis zum Horizont sich ausdehnende Ebene bildete. Und darüber throntest du liebe Sonne, ein geräumiges Loch in diese Wand schneisend, welches mir eine schneebedeckte, bergige Landschaft enthüllte, ganz hinten, etliche Meilen entfernt, nur deswegen für mich erkennbar, weil das Feuer um mich herum nachließ.

Mein Brustkorb bewegte sich gleichmäßig auf- und ab ... Herrlichkeit ... mich wunderbar gelassen zu Boden senkend, dass ich für einige Momente besonnen die Gegend betrachtete, welche mir nun wieder so wohlgesonnen, so freundlich gegenüberstand.

Unter mir spürte ich das schmiegsame Gras, welches friedlich mit den zarten Böen pendelte, die mir sacht um die Nase strichen. Die vielen Krämpfe, der ganze Unmut, das Gift welches sich meiner bemächtigte, ließen allmählich ab, badend im Gleichsinn, schwimmend in einem unendlichen Ozean, der Alles in sich einsaugte, Alles reinigte. So viel Morast den ich in mir eingelassen hatte, so viel Zorn und Zwist den ich einlud, noch so vieles was ich zu lernen hatte. Wie ein beständiger Fluss sprudelten schließlich meine Gedanken daher, mal flutend, mal heraus fließend, doch stets in Unrast, nie müde werdend, bis ich ihnen versagte sich von mir zu ernähren, die Lungen voll klarer, frischer Luft, die freudig in mir zirkulierte. Ich ward unabhängig, ohne Anhaftung ganz bei mir, kein Ingrimm der mich bedrängte, kein Hass der mich heimsuchte.

Dann zirpte eine Schrecke sacht in mein Ohr, wonach sich aberzählige, abertrausende Schrecken dazu gesellten, eine Kapelle bildend, die einen beweglichen, erhabenen Ton in mir vergrub, der fast wie eine wehmütige Nachtigall immerzu in mir erklang, wenn ich mich vom Gedankenstrom zurück zog, tiefer dringend in eine Bewaldung, ins Heimliche.

Durch die reghaften Wolken kreiste ein brauner Bussard, um jäh in die ründliche Schneise abzugleiten, verschwindend im weißen Meer. Dabei entließ er einen hellen, zurufenden Gesang, der ungetrübt an den Gletschern erscholl.

Dieser grenzenlose Einklang, diese berückende Einmütigkeit, das Gewahren des Wachens, den Blick auf das Leben, fern dem Objekt, dem Sachlichen, dem Nicht-Existenten, konnte nicht ewig andauern, das Gefühl machte sich immer deutlicher, während ein unmerkliches Lächeln sich auf meinen Lippen abbildete. Zu jung war ich, zu unerfahren, noch stach das Feuer in mir, unkontrolliert, zügellos – noch war die Klinge stumpf, die ich in der gebändigten Glut zu schmieden hatte.

„Lasse los Wanatu", sprach alsdann die Libelle, harmonisierend mit dem Wind, mich gemächlich hinausziehend aus meiner Betrachtung. Die Dinge sah ich ohne jegliche Störung, ruhig weilend in ihrem Sein: die Natur die mich herzlich umarmte, das cyanfarbene Feuer, welches sich nun langsam schlafen legte.

„Lasse dich von Nichts ablenken und lege deinen Mantel ab. Was fürchtest du dich denn? Der Mantel den du trägst besteht aus Pelz, Leben hast du dafür geopfert! Wenn du mir nur ein paar Schritte folgst, nur ein klein wenig Vertrauen schenkst, wirst du deinem Freund Skarabus gleich begegnen."

Ja, Skarabus, fast hätte ich ihn vergessen, fast die Libelle, die mich ins Feuer führte und nun regsam vor mir herschwirrte.

„Wie soll ich denn zu dir kommen?", fragte ich sie, wenige Meter vor der Klippe stehend.

„Keine Flügel besitze ich, und durch die dicke Wolkenwand erkenne ich nichts."

„Was denkst du denn wie du hierher gekommen bist?"

Mir wurde schwindelig, als ich in die pulsierende Wolkendecke blickte, unwissend was sich wohl darunter verbarg, in welche Tiefen ich mich stürzen würde, auf welcher Höhe ich mich augenblicklich befand. Ich begann zu zittern. Was bin ich schon zu solchen Gewalten, der Tod erwartet mich, setze ich nur einen Fuß über diese Klippe.

„Jetzt ängstigst du dich also auch vor Höhen, vor Allem hast du doch Angst!", sagte die Libelle, mich von hinten anstupsend.

„Dein Zelt hast du doch längst hier aufgeschlagen, mit dürren Zweigen, weil du eben noch nicht in der Lage bist vernünftig zu bauen, weil dir schlicht das Handwerk dazu fehlt. Aber ich kenne dich Wanatu, besser als du denkst, mehr als es dir lieb ist. Keine Wurzeln willst du hier schlagen, nur auf Durchreise bist du, nur am sammeln ... und du meinst ich würde dich zum Narren halten!", sprach sie, und schlug immer wieder mit ihrem robusten Gesäß gegen meinen Körper.

„Hör auf, lass das!", schrie ich sie an, „ich stürze noch! In den Tod willst du mich treiben, du Elendige!"

Zu viele Meter gingen dort hinab, tausende, hunderte, zu steil war die Klippe.

„Da gehe ich nicht hinunter, niemals, wie auch, das ist schlicht unmöglich! Ich gehe die Klippe entlang, suche einen sicheren Weg abwärts! Krank bist du, krank! Mich von hier hinunter führen zu wollen, das kannst du nicht von mir verlangen! Ich höre den Wind doch pfeifen, die Schlucht die da unten auf mich wartet!", brüllte ich.

Doch die Libelle stieß mich unbekümmert weiter, immer heftiger, während ich versuchte sie mit meinen Hinterpranken zu erwischen.

„Wäre ich nur ein Pferd!", fauchte ich „ein Pferd mit Plattfüßen!"

Vergeblich versuchte ich sie von mir fort zu scheuchen, dass ich die Kante an der ich mich festhielt, aufs Letzte strapazierte.

„Trödeln willst du, es ganz einfach für dich machen, so wie es grad für dich am besten passt. Manchmal muss man eben improvisieren, sich den gegebenen Umständen anpassen, sie allmählich formen, Herr über sie werden, sonst lernt man ja nichts", erwiderte sie, meine unermüdlichen Zurufe missachtend, um schließlich knapp unterhalb meiner Pfoten umher zu flattern. Sie dipste ihren langen Hinterleib leicht gegen den Vorsprung, dass dieser plötzlich zerbrach und ich mein Gleichgewicht verlor.

„Was willst du bloß von mir?", heulte ich ihr im Sturz noch entgegen, eintauchend ins satte Weiß, unaufhaltsam zum harten Boden fallend.

„... Dir helfen", erhaschte ich noch.

Und ich erblickte ein letztes Mal ihren Glanz, der durch die flockige Wolkendecke reflektierte.

Zuckersüße Watte, durchdrungen von dem Geschmack ideal gereifter Beeren, zerschmolz in meinem Gaumen. Doch gleich bremste sich mein Tempo, aufgehalten von der dichten, flauschigen Sphäre aus der ich Himbeeren, Brombeeren,

Johannisbeeren und viele weitere Früchte hinaus schmeckte, und bewegte mich infolge recht gemessen nach unten, Tatze um Tatze an Wolkenmasse in mich hinein schlingend. Wie zart es sich im ersten Moment anfühlte, erst wie weiches Gummi, just als es meine Zähne erreichte, um dann im nächsten Moment allmählich dahinzufließen, wie junges, gereinigtes Quellwasser, das gerade von der Frühlingssonne aufgetaut wird.

Zentimeter um Zentimeter erweiterte sich mein Umfang durch die flockige Materie, die jäh ins Freie strömte, leise zischend aus jeder meiner Poren, dass ich bald das Empfinden hatte, selbst zur Wolke zu werden.

Ich schaukelte nach links und wieder nach rechts, vorwärts und rückwärts, in sorgenlosester Beschaulichkeit, mal im Gefühl dass mein Bauch sich umwälzte, mal mein Nacken, so als massiere man mich mit butterweichen, aalglatten Händen, die mir warm durchs Gemüt strichen.

Stundenlang trieb ich so umher, mitunter wieder aufwärts, schlendernd mit den anderen Wolken, sich mit ihnen vermischend, die wiederum andere Geschmäcker, andere Nuancen beherbergten, um schließlich in größerer, kolossaler Gestalt behutsam auf den Boden zu plumpsen. Mit Bedauern musste ich miterleben, wie eine dumpfe Böe all das weiße Geflecht, was mich zeitüber kristallen umgab, im Nu hinwegfegte, hinein in den verdorrten Sumpf, der mich nun ungeniert anstarrte.

Aus dem blubbernden Sumpf entsprangen dicke, oval geformte Blasen, welche, kurz nachdem sie vom wuchernden, spitzen Geäst gestochen wurden, laut zerplatzten, einen platten Knall über die Landschaft werfend.

Tik-tak — tik-tak, meinte ich zu hören, und dachte:„ Wo bin ich nur jetzt wieder gelandet, in welche Richtung hat sich dieser Käfer jetzt verirrt?!", während ich die modrige Umgebung nach Zeichen von ihm abtastete. Hier und da machte sich ein Uhu verlautbar, der durch das kahle Geäst schallte. Endlich fand ich eine Bahn zerbrochener Äste, die derjenigen über der Klippe sehr ähnelte, nahezu identisch war.

Also watschte ich mühselig durch den Matsch, welcher sich bis zu meinen Knien saugte. Kaum ein Insekt war hier anzutreffen, kaum ein Tier, nur viele, überfette Würmer, die sich genüsslich durchs zähe Erdreich labten.

Mit glucksenden Schritten überwand ich schließlich den Rand einer tickenden Grube und ließ mich die scharfe Neigung hinab gleiten, ins uneinsehliche, schummrige Ende dieser Versenkung. Unzählige Male stürzte ich, dass meine durchgefrorenen, empfindsamen Pfoten gegen das herum liegende Gestein stießen.

„Wie falsch ich doch die Entfernung einschätzte, wie eng und kahl mich nun die Wände berücken – nicht einen Lichtschein vermag ich hier auszumachen, nur oben in den schmalen Spalten der Verästelung, nur diesen cremigen, grauen Schleier, der sich über mich fortbewegt", jammerte ich.

Tik-tak — tik-tak klang es von unten und allmählich versammelten sich hier die Geräusche von oberhalb, zunächst laut, aufdringlich, in ihrer Stärke zigfach erhöht, doch vernahm ich auch einen Hauch von Harmonie, etwas Schönes, sobald ihr Lärmen nachließ. Ich sah plötzlich weiße, klitzekleine Sterne, die umher wehend wie Staub, munter in der harten Finsternis funkelten. Mir kam es vor als trage sie nicht die Luft, sondern sie sich selbst, unabhängig von jeglichen Gesetzen – vor mir zirkulierten unzählige Kleinstlebewesen, die myriaden Schweife ins Schwarze malten. Ich verbrachte Stunden beim Beobachten, und immer wenn die Töne in der Grube verendeten, ich den Hauch von Harmonie vernahm, erzeugten sie neue Schweife, neue Gebilde, welche sich am eisigen Fels widerspiegelten. Nach und nach lösten sie sich auf, wie Licht welches in die Tiefe des Wassers taucht.

Das: *Tik-tak — tik-tak* war jetzt deutlich zu hören, fast vor meiner Nase befand es sich. Es klang so dicht und fest, ich dachte ich hätte es anfassen können, verformen können. Nur stieß ich mit meiner Schnauze wieder gegen hartes Gestein. Fortan bewegte ich mich unablässig im Kreis, in einem beschaulichen Radius, die Beine immer wieder aus dem hartnäckigen Schlamm zerrend.

„Dieses unselige Geräusch hat mich hierher gelockt!", klagte ich, vom Hang absackend, nachdem ich versuchte ihn hinauf zu sprinten.

„Was hat diese Grube überhaupt für einen Sinn, warum muss sich ausgerechnet der Schall hier sammeln, in einer Sackgasse sammeln, aus der kein Weg hinausführt? Hätte ich das bloß vorher gewusst!"

Ich schlug meine Krallen gegen einen Stein und spürte bald wie mein warmes Blut herab tröpfelte.

„Wer da ist?", hörte ich auf einmal „wer da kratzen ein meiner Türe?", brummend aus der Mitte des Gefels`.

Sodann vernahm ich ein lautes Krachen, ein großer Steinblock den man zur Seite rollte. Und was mich darauf anblickte, war das Gesicht eines grünen Ogers, das beleuchtet wurde von einem langen, fluoreszierenden Pilz, welchen er wie eine Laterne in seiner linken Pranke hielt.

„Was suchen du hier, warum du mich stören?!", fragte er mich grimmig.

Aus seiner dicken, ledrigen Unterlippe stachen zwei faustdicke Hauer hervor, die bald seine Wangen erreichten. Er trug einen wollenen Wams, darunter eine weiche Latzhose. Hinauf sehen musste ich zu ihm, auf seine in Falten geworfene Stirn, auf seine verkohlten, buschigen Brauen, in seine erbosten, von roten Äderchen übersäten Augen.

Er fragte mich nochmals, mich der ich schwieg, und dabei drückte sich sein schwerer Brustkorb immens nach vorn:„ Was du willst, warum du mich nicht in Frieden lassen?!"

Dieser Pilz mit seinen weißen Flecken, die auf seiner roten Haube sich verteilten, die Art wie der Pilz sich gemächlich bewegte, die weichen Lamellen, die behutsam vor dem Oger flimmerten, gaben dem Oger erstaunlicherweise etwas Friedliches, etwas Einladendes.

„Ich hier alleine leben wollen, keine Oger, keine Unartigen ich hier haben will, keine mit bösen Zungen!", wurde er nun leiser, als er bemerkte, wie ich mich in den Schatten zurück zog, „endlich ich darf denken, endlich da niemand mir auf die Nerven gehen, niemand mir schlechte Gefühle geben! Endlich ich dürfen mich selbst kennen lernen, meine Ogernatur kennen lernen! Nix Gutes sie ist, viel Schlechtes ich gefunden haben! Meinen Namen ich habe weggeworfen, nie wieder ich werde ihn gebrauchen, mehr Platz, mehr Zeit ich brauchen!"

Währenddessen erkannte ich, eingewachsen in seinem Solarplexus, eine mechanische Uhr, den Ursprung des Tickens.

Der Sekundenzeiger tobte über die Ziffern in unregelmäßigen Abständen, und dazu ruckartig immer wieder kurz nach hinten stoßend, bei jeder Zahl die er überquerte. Einen Minutenzeiger gab es nicht, ebenso einen Stundenzeiger, und das konstante: *Tik-tak – tik-tak* war gänzlich uneins mit den Bewegungen des Zeigers. Ich glaubte zu meinen, der Oger selbst wisse nicht, was sich da in ihm befindet.

Von der feuchten Wand sprangen Wasserperlen zu Boden. Einzelne zersprangen dann auf des Ogers Schultern, um darauf in seine Mitte, seiner wild tobenden Uhr zu zerrrinnen, die dadurch schleichend zu rosten begann, den Zeiger verlangsamend, der schließlich nur noch halb so schnell ward. Sein kantiges Kinn drückte er stolz nach vorn und stierte zu mir, die beiden Hände in die Hüften gestemmt.

„Nein!", dachte ich „der Oger lügt!", meinen Blick von seinem hässlichen Gesicht abwendend.

„Alleine willst du leben?!", sagte ich zu ihm „vollkommen allein in dir selbst verschlossen?! Schau doch wo du haust: im Sumpf, im Morast! Ist es das was du suchst? Keines deiner Worte kann ich für wahr nehmen! Was tust du dir nur selbst an, deinem Namen, der dich zusammenhält, bis du ihn nicht mehr gebrauchst, bis er von allein verschwindet, ohne Beihilfe: im Wohlwollen. Du quälst dich doch, das sehe ich!"
Mein Brustkorb bebte heftig.

„Diese Maske hinter der sich der Oger verbirgt, diese versteinerten Züge, die viel zu schnell gealtert sind, der unstete, ausweichende Blick, die Missgunst die er ausstrahlt, kann von keinem ehrlichen Individuum stammen, sondern von einem Lügenden, sich selbst Belügenden", dachte ich.

Der Oger lächelte nur müde:„ von meinem Weg du mich nicht abbringen wirst", dabei besänftigte er sich etwas, die Grimasse ablegend, die vorhin so steif aus ihm hinaus glotzte.

„Ja, ich mich quälen, aber nicht einfach sein, das was ich mache, nicht schwach ich sein. Lachen ich kann, lauter als jeder Oger. Trotzdem vieles im Unreinen. Alles direkt vor mir, mit dem ich beschäftigen mich muss, obwohl ich nicht wollen. Zeit es brauchen, viel, viel Zeit! Aber du seien ehrlich zu mir, du auch ehrlich reden. Ich dich mögen. Also was du machen hier?"

Nachdem ich kurz lachte, erzählte ich dem Oger, dass Neugierde mich hier vor seine Türe geführt hatte. Aber ich verheimlichte, dass sein: *Tik - tak – tik – tak* der eigentliche Grund dafür war. All die anderen, vielfältigen Geräusche waren es somit. Auch nannte ich ihm meinen Namen, worauf er wieder nur müde lächelte.

„Komme", sagte er schließlich „nach oben klettern du wirst nicht schaffen, du mir folgen musst, ich den Weg kennen, doch etwas schwierig er ist, gut nachdenken ich muss, denn lange her es ist, als ich draußen war."

Ich betrat hierauf seine Behausung, wonach er den Fels wieder vor den Eingang schob, und wir zunächst im Dunkeln standen. Ich hörte sein fülliges Atmen, welches dumpf von den Wänden widerhallte, bis der Oger kurz und kräftig in seine Hände klatschte und eine neue Laterne zu glimmen begann – so auch etliche, andere, überwiegend kleinere Pilze, die rasch aus dem erdigen Gemäuer sprossen. Manche Pilze kitzelten uns von der Seite und krümmten sich schnell wieder zurück, leicht zitternd, so als würden sie kichern, worauf sie silberne Sporen absonderten, woraus im Zeitraffer mehr Pilze emporwuchsen, die den Gang noch heller in ihrem Licht badeten, gedämpft durch einem warmen, wabenden Schleier, der die Umgebung leicht tätschelte. Andere Pilze, die vom Boden in die Höhe schossen, trugen uns derweil wellend voran, sogar den dicken Oger, der vergnügt dreinschaute. So verging eine Weile, in der wir langsam durch seine Behausung befördert wurden, bis der Oger wieder in seine Hände klatschte und das Band unter uns stoppte. Danach hielt der Oger seine Laterne dicht vor mich.

„Schon spät es ist", gähnte er „wir jetzt besser schlafen gehen."

Am nächsten Morgen aufwachend, erhob ich mich von einem überaus gemütlichen Strohbett. Ringsum war es stockfinster, nur vereinzelt in Ecken wollten scheinbar schon ein paar wenige, mutige Pilze ihren Schein ausschütten, vage flimmernd, dass man hinter ihnen die noch schweigsamen, schöneren Pilze entdeckte. Allmählich hörte ich auch das Ticken des Ogers näherkommen. Es hatte sich ein wenig geändert. Schneller war es geworden, dennoch dem Zeiger nun ähnlicher, welcher mir unter der wackelnden Laterne zuwinkte.

„Von allen Seiten ich erdrückt werden, keine Luft ich zum atmen habe, weg damit, fort damit!", rief der Oger auf einmal, der wie festgewurzelt vor mir stehen blieb.

„Warum ihr mich verfolgen, warum ihr mir keinen Frieden geben, warum ihr alles unordentlich machen?!" Er packte sich an den Schädel, an dessen Schläfe eine dicke, regsame Ader pulsierte.

„Noch zu kurz ich hier unten bin, frei ich muss werden von Ogernatur!" Er bebte am ganzen Leib, dass er seine Handknöchel gegen die bepunktete, von den lustigen Pilzen bewohnte Wand warf, all das Schöne zerstörend, all das Bunte, was sich darauf befand. Ja, der Oger hasste, versunken im Schlamm war er, dessen war ich mir sicher, dazu musste ich mich nicht besonders anstrengen: tief in ihm verankert, wütete ein gleißender, in schwarz getränkter Orkan, der unaufhaltsam über eine stumpfe Klippe sprengte, ihn peinigend, ihn zermarternd.

„Zu wenig Zeit, zu viel zu tun!", murmelte er.

„Folge mir, wir keine Zeit verlieren wollen!" Darauf eilte er voran, hinein in enge, feuchte, erdige Gänge, die weiter hinab führten zu einem verwinkelten Tunnelsystem.

Von der bemoosten Decke fielen fortwährend kühle Tropfen zu Boden. Ein banges Empfinden durchzuckte permament meine unterkühlten Glieder, die breiten Schultern des Ogers vor mir erblickend, welche steif zu mir nieder glotzten. Wir gelangten desöfteren in eine Sackgasse, wo mir jedes Mal das Blut in den Adern gefror, von oben bis unten von zwei zuckenden Ogeraugen bemustert. Er ging dann schnaufend an mir vorbei, einen rauchigen, schnappenden Ton von sich gebend.

„Schnell, mir hinterher!", sagte er, während sein Rücken sich mehr und mehr zum Buckel wölbte, teils weil wir uns in so enge Gänge begeben mussten, dass der Oger dort in Knie ging, um darauf mühselig durch den Dreck zu kriechen.

Bald hatten wir uns gänzlich verirrt, zur Unfreude des Ogers, der seine Faust mehrmals in den tonigen Untergrund rammte – einmal, zweimal, dreimal, bis er erschöpft zusammen brach und ausschließlich seinen Stiernacken bewegen konnte. Fortan hatte ich vor ihm zu gehen, seinen kalten Atem hinter mir spürend. Er hatte schon längst aufgehört etwas zu sagen, geschweige denn zu murmeln.

Mittlerweile hatte auch ich begriffen, dass der Oger den Weg nicht kannte, dass wir uns maßlos verlaufen hatten, dass mich das bedrückende Gefühl nicht losließ, immer tiefer ins Labyrinth vorzudringen, ohne jemals wieder zurück kehren zu können.

Stunden später in den dämmrigen Windungen, stolperte ich mit meinem rechten Bein in einen flachen Tümpel. In der Nähe vernahm ich hopsende Schritte.

„Frösche müssen das sein, Frösche!", dachte ich sofort. Kurze Zeit danach hörte ich von unten, schwer zu entschlüsselnde, quakende Laute:„ Folge nicht dem Oger, suche einen anderen Weg, sage dich von ihm los!", sagten diese kreuz-und quer.

Die Frösche begleiteten uns jetzt die Gänge über, sich stets zur Kunde gebend, wenn der Oger stiller wurde, er verschnaufen musste.

Das trieben sie so lange, bis er heftig auf den Boden stampfte, ein leichtes, schallendes Beben in das Labyrinth sendend.

„Ihr jetzt aufhören, ihr Scheusale! Nichts von dem stimmen was ihr sagt, ihr lügen, Lügner ihr seid!", schrie er.

Im Anschluss machte sich nur noch sein Ticken bemerkbar, den kalten, beengten Raum hauchdünn zerschneidend, das emsige Tröpfeln, all die Töne die da waren.

„Weiter, du weiter gehen!", befahl mir der Oger dann, mir einen heftigen Schlag aufs Kreuz gebend, „nicht müde du werden sollst, immer weiter, immer weiter!"

Nachdem wir uns stundenlang abwärts mühten, erhaschte ich einen zarten Windzug, der gemach meinen

Nacken streifte, und ein letztes, zaghaftes Quaken, welches in den Tunneln versiegte.

„In die andere Richtung muss ich gehen, nicht immer vorwärts, nicht immer getrieben von dem Oger!", schoss es mir durch den Schädel, kurz zusammen zuckend, dass der Oger unglücklich gegen mich prallte.

„Was du machen, warum du stehen bleiben?", brüllte er.

Sein Atem roch nach Asche, vermischt mit dem verwesenden Schlamm, der sich überall im eisigen Schatten versteckte.

Weiter ging ich, durch eine sehr weite, überaus schmale Strecke, die der Oger nur gebückt zu bewältigen vermochte, bis wir endlich eine Gabelung erreichten.

Rechts führte es steil nach unten, und links aufwärts, beide Wege jeweils in eine gähnende Leere zeigend.

„Nein, ich will nicht weiter, nicht weiter hinein! Dort sehe ich kein Licht am Horizont, nur Täuschung, nur Dunkelheit", urteilte ich und stemmte meine Krallen in den Boden, um Mut zu schöpfen, damit ich wieder zurück ins Freie gelange. Hinter mir röchelte der Oger, und schlug im nächsten Moment mit einem dumpfen Knall auf den Untergrund.

„Jetzt, ich muss jetzt kehrt machen, jetzt ist die Gelegenheit dazu!", ergriff es mich.

Ich drehte mich um und erblickte ihn, wie er fast den gesamten Tunnel versperrte.

Doch war er so erschöpft, dass kein Wort mehr aus seiner Kehle stieß, lediglich ein gequältes Grunzen, das bald verhallte. Kleine, bös zu Schlitzen geformte Augen stierten mich an, und versuchten zu erraten, was sich in mir verbarg, wer ich bin – verblendet waren sie, und zuckten unermüdlich hin- und her.

„Du weiter gehen!", japste er, „... weiter gehen ...", bis seine Stimme letztlich versagte, er hinter sich einen Halt suchte, und sich sein Rücken zur Gänze zum Buckel wölbte. Für einen kurzen Augenblick nickte er ein, dass beinahe sein Ticken zerrann – es klopfte nur noch zaghaft, wie ein dünner Ast der ab und zu gegen eine Fensterscheibe fällt.

Als der Oger aus seinem Sekundenschlaf aufschreckte, zerrüttet vor sich hinschaute – rief:„ Wo du bist? Alleine du den Weg nicht finden, du mir folgen musst!", schleppte er sich erst einige Meter in jede der beiden Gabelungen, um sich nur am Ende wieder hinaus zu quetschen. Wahrscheinlich war auch ihm bewusst geworden, dass er sich schlimmer verlaufen würde, wenn er noch tiefer in die Gänge kriecht.

Anhand eines daher rollenden Steines, der gegen seinen schabenden, dicken Zeh stieß, entdeckte er mich dann. Ich verhielt mich so leise wie möglich, zeitüber die Ohren nach hinten gerichtet, das Fell gesträubt – und wartete, und wartete ... bis der Stein verklang. Nur sein Ticken antwortete mir, welches lauter wurde, fast so laut wie seine bassige Stimme. Es schien mir, der Zeiger bewege sich gelegentlich rückwärts, so wie es knackte, so als würden unzählige Uhrwerke im Inneren heiß laufen.

Erst einige Sekunden später – o wie sehr die Zeit sich bis dahin gedehnt hatte – drang von unten her sein schäumendes Gebrüll zu mir hinauf:„ Was du wagen hier frei herumzulaufen, alles hier mein Haus sein! Ich dich herein gelassen habe, betrogen du mich hast! Du mir schuldig bist! Ich dir nicht erlaubt habe ohne mich weiterzugehen!

Warum du vor mir fliehen, was ich dir getan habe, warum du mich verlassen!?"

„Weil du mir die falschen Wege zeigst!", kreischte ich zurück, „weil du mich unentwegt steuerst, im Hintergrund verweilend, dort wo man dich nicht sieht, damit ich ja nicht dein Abbild erkenne, erkenne wie sehr wir uns unterscheiden ... dass Welten zwischen uns liegen! Nein, mit dir möchte ich nicht anbandeln, die Luft zum Atmen raubst du mir!"

Ich konnte nicht umhin mich weiter zu ereifern, es berstete schier aus mir hinaus.

„Du nimmst mir nicht die Liebe, die Liebe zu sein. Mit dir in der Dunkelheit möchte ich nicht verenden, erblindet, fest gefroren auf halbem Wege! Dennoch hoffe ich, dass auch du Balsam findest, Gesundung, weil auch du leidest, ja liebst, so unendlich mehr als du glaubst, tief begraben durch deine Bosheit. Ich wünschte wir könnten Freunde sein, wünschte du kämest mehr zum Ebenmaß ... Lebe wohl, namenloser Oger."

Ich rannte darauf nach oben, denn der Oger raffte sich empor, wild zu mir hin stampfend, doch erheblich langsamer als meine Katzenbeine, die mich immer näher zum Wind, näher zum Quaken trugen. Bald hatte ich den Oger abgehängt, und bewegte mich gedämpften Schrittes weiter. Meine Schläfen drückten und ich merkte, das mein Schädel zu wenig Umfang besaß, um meinem pochenden, schwelenden Gehirn genügend Raum zu bieten. Es machte sich ein dicker, eifriger Wurm in meinem erhärteten Kopf breit, fleißig die Erde auflockernd, dass es krachte, rumorte.

„Falsch läufst du!", gellte auf einmal ein piepsiges Organ aus einer unmerklichen, von Leuchtpilzen umwachsenen Abbiegung.

„Bitte hilf mir! Hier entlang, hier, von hier aus gelangst du nach draußen, aber befreie mich doch zuerst.

In einen Käfig wurde ich eingesperrt vom Oger diesem zwielichtigen Wesen. Hierher bitte, bitte vertrau mir!", schallte es weiter, die lebhaften Pilze aufschreckend, denen ein leichter Schauer über den Rücken fuhr.

„Seit zwei Tagen, mein Retter, ward ich eingeschlossen", sagte es, „dieses Ding, das wie ein Monstrum aussieht, hatte mich gepackt, als ich einen Tunnel durch seine Behausung buddelte. Sofort sperrte es mich in diesen rostigen Käfig, gab mir ausschließlich Kartoffeln, und redete ununterbrochen auf mich ein, ohne auch nur eine Pause einzulegen, doch, als es einen Pilz aß. << Ein Trüffel, das eine Trüffel sein! >>, widersprach es mir beständig. Nachts hat es sich einen Strohberg neben meinem Käfig angehäuft, um dort ein großes Ei auszubrüten. << Eine schöne Garten ich früher hatte, doch jetzt ich nur hier unten bin. Selten ich kriegen Besuch. >> So fing es an. Und nun seid ihr hier! Ich verharrte schon zu lange hier, musste zu viel anhören, über mich ergehen lassen. Dort, schnell durch meinen Gang."

Doch am Ende des Ganges warteten zwei aufgerissene, umher huschende Augen, die uns bereits aus der Ferne durchbohrten; rot unterlaufen waren sie, ständig jeden Millimeter absuchend.

Ich zerbrach den Käfig, packte den Dachs und lief mit ihm zu den Fröschen.

„In Yagoba wir uns wiedertreffen werden Wanatu!", rief der Oger mir noch hinterher.

„Zu nett bist du Wanatu", sprach der Dachs anschließend, als wir draußen anlangten, „du kannst nicht jedem helfen, nicht bei jedem sein, wo du Schuld fühlst. Sei dankbar dafür, dass du den Wind spürtest, der den Gesang der Frösche zu dir trug."

Danach verabschiedete sich der Dachs von mir, mich bittend gleich zur Ente zu eilen, welche die lila Pilze verteile an die betrübten Bewohner des Waldes. Er schickte mich gen Süden und versicherte mir, dass der Sumpf in Kürze ende, dass ich dahinter Skarabus finden würde – dass ich dort das Gebiet der Mega-Gulraken betrete. Zudem sollte ich vorsichtig sein, und vor allem an der Grenze Ausschau halten, wo ein großer See liegen wird. In ihm paddelt die Ente bestimmt durchs Wasser.

Nachdem ich meine Lungen dann mit besserer Luft füllte, die sich dennoch schwer und schwül in meinen Arterien staute, machte ich mich schnell zum Weg, den mir der Dachs empfahl. Aus dem Höhlensystem drangen noch letzte Laute zu mir: polternde Steine, stumpfe, geplagte Schritte, und das dahinsiechende *Tik-tak – Tik-tak* welches emsiger war denn je.

Nach und nach verschwanden die verdorrten Bäume und vereinzelt entsprangen nun den kahlen Ästen wieder saftig grüne Blätter, dass der Erdboden immer weicher wurde, der bei jedem meiner Tritte heiter zu knistern begann. Gleich entdeckte ich eine dichte Wand voller Ahornbäume, wo ein paar wenige Eichen Zuflucht suchten. Als ich schließlich direkt vor ihnen stand, der Wind mich begrüßte, welcher mir im Labyrinth zu Hilfe kam, trennten sich abertausende Ahornsamen von den Zweigen, die wie Propeller nach unten segelten, einsinkend ins behagliche, bunte Blattwerk.

„Wird er jemals aufwachen?", kreiste ein Gedanke vor meinen Augen, „kann er genügend Geduld aufbringen, dass er Stück für Stück das klebrige, gemeine Sekret abwäscht. Kann er so lange stehen und versuchen voran zu gehen? Keiner kann ihm helfen, nur er sich selbst, kein Trüffel wird ihm Balsam verschaffen, kein Trüffel Heilung! Ich hoffe er wird sich nicht noch weiter verlaufen, und hoffe dass er keiner Seele weiter Leid zufügt – verirrt hat er sich, selbst verknotet, sich selbst verloren, dass er wie ein Schatten umher wandelt."

Schließlich schlüpfte ich durch hohes Schilf, und legte mich am Ufer des Sees zur Rast, weitläufig die Gegend nach der Ente durchkämmend. Kurz wurde ich von meinem Suchen unterbrochen, von einem Bild das ich verdrängte, das sich bereits meterweit in mir einbuddelte, von dem Oger den ich hörte, wie er in seinem Schlaf folgendes flüsterte:„ Egal wo ich hingehen, ich selbst mich immer mitnehmen. Zeit ich brauchen mich zu gewöhnen, dann Alles wird einfacher werden, schöner werden. Dann ich kann sehen die Dinge, wie sie sind. Andere Sachen ich sehen werde, dann ich anders werden, weil anders leben ich will. Ich meine Behausung verlassen muss, so oft wie möglich, damit nicht ich selbst mich fressen. Ich das schaffen, ja, ich mich freuen auf das Neue, welches vor mir liegen."

Dicke, verkrümmte Ahornzweige wölbten sich übers wellende Wasser, dieses sacht zerteilend mitsamt dem Bild des Ogers, welches kreiselnd dahin plätscherte und sich mit der sprudelnden Masse vereinigte, verschwindend, nie wieder auffindbar.

„Aber Freundschaft kann ich dennoch nicht mit ihm schließen", dachte ich, während Frösche da zuhauf erschienen, auf einmal aus dem Nass gleitend und fröhlich vor mir im Chor quakten, als beglückwünschten sie sich selbst, mich hierhin gebracht zu haben aus einem dunklen, nagenden Schlund. Fliegen umkreisten sie und Grillen, welche sie schnell schnappten und dann gemütslos zerkauten.

Alsdann sprachen sie gemeinsam, vergnügt und aufgeregt:„ Hallo Wanatu, sei willkommen, vielen, vielen Dank dass du unseren Freund den Dachs mit heraus geführt hast. Du brennst ja darauf die Grenze zu überqueren, den Worten unseres Freundes zu folgen, deine Neugierde zu stillen. Dazu musst du allerdings weiter sehen, dein Blick reicht nur bis zur Hälfte des Sees."

Recht hatten die Frösche, bis zum Horizont erstreckte sich der immer glatter werdende See, und zu mir hin verjüngte sich seine Fläche zu einer halben Ellipse, an dessen Spitzen ich stand. Schulterhohes Gras umrandete ihn, worin weiße und rote Blüten heraus blinzelten, Marienkäfer die wackeligen, biegsamen Stengel hinauf kletterten, um von gelbrunden Kissen ins Gehölz zu brausen.

Als hätten die Frösche meine Gedanken erraten, sagten sie mir noch:„ Meide besser den Weg über das wild bewachsene Ufer, denn wenn du genauer hinschaust, erkennst du die abermillionen wimmelnden, schwarzen Punkte, die darauf warten sich fallen zu lassen, und in deiner Haut sich fest zu beißen, die Zecken, die sich pausenlos dort vermehren."

Der erfrischende Wind stupste mich leicht von hinten an:„ Komm!", schien er mir zu sagen, „geh einfach vorwärts."

Und so als blickte ich von weit oben auf den See, tauchte plötzlich hinter der halben Ellipse ein halbrunder Kreis auf, der sich an ihr heftete, ihre komplette Form preisgab. Kurzerhand ging ich vorwärts, bis meine Beine knietief im Wasser lagen, und betrachtete die lange, horizontale, schimmernde Linie, die noch in der Ferne lag, zu der ich mich anstrengen musste, sofern ich über die Grenze gelangen wollte.

„Auf Wiedersehen ihr Frösche, habt tausend Dank, danke dass ihr mir hinaus halft, dass ich euren schönen See bestaunen darf", verabschiedete ich mich, vorwärts kraulend, von ihrem lustigen Quaken gefolgt.

Kleine, erwärmte Böen drückten mich von hinten, dass ich bald inmitten des Sees strampelte, umgeben von unzähligen, weißen Strudeln.

Trillionen glänzende Linien erwachten darin aus ihrem Schlaf, als ich in das Zentrum eines Strudels blickte, wie die bäumenden Wellen in hauchfeine Fäden zersprangen und verwickelt zu Spiralen miteinander musizierten – Lieder wurden zu mir getragen, dass die Vergangenheit in meiner Magengegend zerfloss, damit sie als Gegenwart einen Fuß voraus.

Während ich weiter in den Strudel sah, und mit Leichtigkeit meine Position halten konnte – kaum strampeln musste ich , fast dachte ich, ich schwebe, getragen von unzähligen, reibenden Molekülen – erkannte ich nach und nach die Umrisse meines Gesichtes, wie es sich festpappte inmitten des blitzenden Stromes. In ihm stillstehend schaute es mich an mit unnachgiebigen, unterlaufenen Augen. Es lachte hämisch, die langen, scharfen Zähne gefletscht. Gleich verschwammen seine Unregelmäßigkeiten und es war als blickte ich in einen Spiegel.

„Bist das du?", posaunte eine blecherne Stimme zu mir hinauf, „ein Bild, bist du ein Bild?", fragte die raunende Stimme weiter, „was du hier siehst ist lediglich eine Projektion, eine Täuschung, ein Ding was in seiner wirklichen Form unlebendig ist, Lichtjahre von dir entfernt, von dir selbst, deiner ursprünglichen, reinen Gestalt, die sich im Laufe der Zeit verschmutzte. Verliebt bist du, nicht in das Wirkliche, welches du nur mit deinem Herzen sehen kannst. Besitzt denn du keine Phantasie, willst du alles vor die Haustür gelegt bekommen?

Wenn dem so sei: kehre um, denn nur durch mich überwindest du die Strudel, gelangst du zum Ufer, nur indem du mich zerstörst: dein Ebenbild, welches dir bloß eine Hülle offenbart."

Der Sog schien mich nun mitzuziehen mitsamt dem Unrat, der sich darum bewegte, eine braune, verstaubte Schlacke, die immer tiefer in den See drang.

„Wie soll ich dich zerstören, wie mein Ebenbild zerschlagen, das doch Teil von mir ist, mir ein Spiegel ist?", fragte ich die Reflektion, die fortwährend ihre Substanz erhielt.

„Kein Ding scheint dir etwas anzuhaben, kein Stoff dich zu berühren, daher gleitend in deinem gewohnten, beherrschten Element. So soll ich mich lösen von dir, vom Bilde mich losreißen?", hob ich erneut an, mit aller Kraft zurück kraulend, nur um mich trotzdem im Strudel wiederzufinden, stets die gleiche Bahn drehend, stets auf der gleichen Höhe.

„Weil deine Natur einem Takt entspringt, nicht einem Bild. Du frönst doch dem Unnatürlichen, dem Toten, so wie du mich betrachtest. Was hab ich denn mit dir gemein, geblendet bist du von Partikeln! Unermüdlich versuchst du das Bild zu verschönern, es besser zu machen, nur um am Ende festzustellen, dass es unweigerlich verschrumpelt, dich zersetzt mit ihrer fortschreitenden, dir unwilligen Wandlung. Darin wächst nichts, darin gedeiht nichts!"

„So bist du also nur Illusion?", antwortete ich, für einen Augenblick erkennend, dass das Gesicht kurz im weißen Schaum des Strudels versank, um jäh an einer bräunlichen Stelle aufzutauchen.

„Ins Leben habe ich dich folglich gerufen, erst durch mich, durch meine Schwäche, meinen Mangel hast du an Gestalt gewonnen. Hinein gebrannt hast du dich in mein Gedächtnis, dort Festigkeit erlangt, dass du mich lenktest, immer versteckt in komplizierten Winkeln. Du bist ein Kern, um den sich alles Negative bewegt, keine Idee, kein Lehrer der mich zum Guten führt. Ja, an dich erinnere ich mich!"

Und als ich dies aussprach, beschwichtigten sich die Ströme, mich langsam hinunter führend, wie eine Rutsche die sich spiralförmig ins Endlose wand.

„Ganz genau Wanatu. Auch ich will leben, will die Not die sich meiner bemächtigt stillen!"

„Das was du Leben nennst, oder das wovon du dich ernährst, ist mein Blut, die Menschen denen ich tagtäglich begegne, die Blindheit mit der ich sie sehe. Ich sehe mit deinen Augen, was mir das Herz einengt. Hast du jemals Frieden in mir gestiftet?"

Fortan wurde ich immer schneller abwärts gezogen.

„Für mich sollst du eine Hürde sein, die mich stärker macht, dass ich elastisch wie ein Baum werde, fern von dem Übel das sich überall ausbreitet. Auf deine Art wirst du mir doch ein Lehrmeister sein, an dir will ich mich messen!"

Die Umgebung schien sich erneut extrem langsam zu drehen, das rotierende Wasser zu milchigen Schlieren wandelnd, woraus sich endlich schleimige Geschöpfe empor zerrten. Sie lächelten, und im ersten Augenblick wirkten sie durchaus sympathisch, doch beim zweiten Hinsehen bemerkte ich ihre angestrengten Mienen, das Gezwungene in ihren Gesichtern.

Welch ungemütliches Empfinden mich dabei umfing, alle sahen sie mir gleich aus, alle waren sie mir Spiegelbilder. Ihren Lärm versuchten sie hinaus zu plärren, der jedoch in ihren Rachen steckenblieb, um schließlich aus ihren Poren hinaus zu dampfen. Doch erblickte ich dort auch welche die netter drein sahen, welche mit jüngerer Physiognomie, die mir weniger beladen erschien. Diese hielten Abstand zu mir, diese wollten mir die Hand reichen. Nur wurden sie wieder beiseite gedrängt. Es begannen Schweißperlen mir von den Schläfen zu laufen – Druck, ungemeiner Druck lastete immer schwerer auf meinem Schädel.

„Merken sie denn nicht, dass ich von ihnen belästigt werde?", presste sich ein Gedanke aus meinem Kopf, während ich meine Krallen ausfuhr, die leider keinen Halt fanden, bis meine Pfoten in den weichen, sandigen Boden des Sees sanken, ich einen buntschuppigen Clownsfisch entdeckte, der wie ein Kettenraucher dicke Seifenblasen zur Oberfläche paffte.

„Halte durch!", meinte ich aus seinen zum Kreis gewölbten Lippen zu hören, „dann wirst du gesund, dann wird sich der Nebel lichten."

Das Wasser, welches dann meinen Rachen durchflutete, ermöglichte es mir zu atmen. Lichtkegel eilten glasklar und wabernd vom Himmel durch die Wasseroberfläche, bis sie nach tausenden von Metern vom Wasser verschluckt wurden. Der See schmiegte sich alsdann um meinen Körper in dieser befremdlichen, entzückenden Welt, die mir an manchen Stellen stockfinster und an anderen strahlendhell erschien mit ihren wuselnden Bewohnern, die sich zu myriaden hier versammelten.

„So einfach wirst du mich nicht los Wanatu!", tönte hinter mir auf einmal wieder die Stimme, aus dem Inneren einer riesigen Auster. Mein Gesicht erkannte ich wieder in ihrer ballgroßen Perle, schimmernd, mich fast blendend.

„In deinen unmerklich zitternden Augen sehe ich deinen Zorn. Du hast es dir selbst verboten, den Vulkan in dir zu entfachen. Gespalten bist du, vernagelt in einem Körper, der aufs Äußerste angespannt ist. So wirst du mich jedenfalls nicht los, mein kleiner Wanatu, so wirst du nicht zurück zur Wasseroberfläche gelangen. Aber zumindest versuchst du es, das lasse ich dir, indem du einen zweiten, sehr dicken, sehr schweren Spiegel dir aufstellst, worin du dich betrachtest mit unnachgiebigen, geweiteten Augen."

„Du scheinst wohl alles über mich zu wissen, und warum sollte ich nicht zurück zur Oberfläche gelangen?", gurgelte ich dem glatten, funkelnden Bildnis entgegen, das mich verzerrt anblinzelte.

„Was ist Stärke?", dachte ich in jenem Moment, die vielen, gewundenen Muscheln ansehend, die sich kreuz- und quer um die Auster verteilten – den Seestern der sich in ihrer Mitte halb vergraben hatte. Allesamt besaßen sie seidig glatte Hüllen und an manchen Stellen wuchs ihr Gehäuse wie Flechtwerk ineinander.

An den vielen Enden ihrer verwinkelten, geometrischen Windungen verkalkten sie schließlich, dass, wenn ein Fisch zufällig gegen sie stieß, sie samtweißes, wolkiges Puder locker zum Seegrund bliesen. Ein gewaltiger Hecht glitt plötzlich aus ihren Reihen empor, durch eine flockige Nebelwand, bemustert als marschiere er zum Kampf, dennoch zeugte seine teilnahmslose, fokussierte Miene von keinem Konflikt. Bald meinte ich, er sei aus Diamant gehauen. Der Hecht peitschte sodann heftig mit seiner Schwanzflosse, dass er die Muscheln neu anordnete, bei Nahe die Auster zum schließen zwang, um im nächsten Augenblick hinter eine Kluft zu eilen, wobei sein riesiger Schatten ihn immer begleitete, der wellend über den Sand glitt. Die halb geschlossene Auster knarrte danach wieder auf.

„Versuch es doch!", geifte die schillernde Perle, „versuch nach oben zu schwimmen!"

Ich nickte fast spöttisch und begann aufwärts zu kraulen, zu dem Schwarm Heringe, der gekonnt Pirouetten drehte, dass ihre unzähligen, feinen Schuppen silbrig in den Lichtkegeln funkelten. Etliche, schwankende Bläschen sprossen dabei hinauf, blubbernd aus ihren Kiemen, dass sich weiße, dünne Säulen schleichend zur Wasserdecke bewegten.

„Was hat das zu bedeuten?", sah ich die Perle fragend an, nur in der Lage hopsend über den Seegrund zu gleiten, der mich stets zerstäubend begrüßte. Wie ein Nilpferd fühlte ich mich: schwer und behäbig, und bloß zur Oberfläche gelangend, sofern ich die Steigung zum Ufer erreichte.

„Dann schau doch mal genauer hin!", antwortete mir mein verzerrtes Antlitz und gleich senkte sich die Klappe der Auster, mich alleine lassend im kühlen Wasser, während sich langsam die Sonne zum Horizont neigte, sich die Lichtkegel allmählich verkürzten, ich auf einmal Augen auf mir spürte, die mir aus den Felsspalten folgten. Ich versuchte die Auster wieder zu öffnen, doch vergebens. Kein Laut drang mehr aus ihr hinaus.

Nach geraumer Zeit schaffte ich es meine müden Glieder derart zu biegen, dass ich zu schwimmen vermochte, über die Schlucht die vor mir lag. Aus der Dunkelheit schlängelten sich nun aalförmige Gestalten hinaus, um sich in die tänzelnden Algen zu begeben und sich an den unzähligen umher schwebenden, leuchtenden Würmchen zu verköstigen. Gleich begannen die Aale zu fluoreszieren in grün-beigen Tönen. Wie eine Herzfrequenz zeichneten sich Linien auf ihren Körpern, die immer wieder in die Dunkelheit versickerten. An manchen Stellen klafften gigantische, endlose Risse im Seegrund, gähnende Leere empor hauchend, den Tod verkündend, der aus jeder Richtung sich einen Weg zu mir bahnte.

So schwamm ich, all meine Kräfte aufbringend über die Schlucht, die wuselnden, unerreichbaren Heringe beobachtend, die sich um die schwindenden Lichtsäulen schraubten.

Als ich schließlich den rettenden Grund wieder betrat, nieder plumpsend wie ein nasser Sack aus ein- zwei Metern Höhe, bemerkte ich mein Unvermögen mich auch nur einen Zentimeter weiter zu bewegen. Ein erkalteter, lebloser Stein ward ich. Ein reißendes Stechen durchzuckte dann meine Brust, ein versinkender Gedanke, dein fröhliches Gesicht über mir sehend liebe Sonne, als ich rücklings, halb vergraben in der Erde lag. Du kamst meine Freundin, und strahltest grell durch das Wasser, als ein Stachelrochen sich aus dem sandigen Untergrund wellte, dass sein glatter, bekiester Bauch augenblicklich zu einem Spiegel schmolz.

„Nein, nie und nimmer bin das ich", dachte ich sofort, „ein besoffenes, sabberndes Unding!"

Ich hörte darauf Sätze, Übertriebene, Brüllende, unmanierliche Stimmen, die mich aus der Fassung brachten. Die Grimassen sah ich wieder, die starr und erregt zu mir nieder glotzten, ihre krummen Finger auf mich gerichtet. Sie sprachen zu mir herab, ihre Mäuler weit aufgerissen, aber nichts schlich sich zu meinen Ohren, zu Wirbeln wurden ihre Schallwellen, die in deiner Hitze verdampften, meine Verbündete.

Danach blieb der Rochen direkt vor mir stehen, aufrecht, seinen Bauch mir entgegen streckend, dass sich mein Ebenbild mir klar und deutlich offenbarte.

In dem Gesicht entdeckte ich böse Absichten: die fetten Backen, die schmalen Lippen, den Widerspruch zu mir selbst.

Als ich dagegen schlug, versuchte den Spiegel zu zerstören, tat sich nichts, nur eine minimale Vibration, die ihn kaum erschütterte.

„Wanatu", sprach hiernach die Sonne, die nur in seinen Ohren erklang wie ein warmer, zarter Hauch, der ihm die Stirn massierte.

„Du stehst auf meiner Seite, wahrlich du liebst mich, mein treuer Freund, dir helfe ich so gut ich kann. Immerzu pocht es in dir, in der Überzeugung das Böses verübt wird, so schließt du dich ein in dein beengtes Kämmerchen, übersiehst die vielen anderen, besseren Türen, und sitzt da in deinem Gerümpel, welches gleich wieder verstaubt. Lasse dich nicht von jeder Böe vertreiben, halte an dir fest, deiner Mitte, die unbeeindruckt leichte, unzerrüttbare Wogen aus deinem Bauchnabel sendet. Sei stark Wanatu, indem du deiner Wut anderen Ausdruck verleihst, indem du im richtigen Moment dem Schlechten den Rücken zuwendest. So wirst du wachsen, so werden deine Augen sich langsam öffnen. Erst musst du hart sein, und dann klopfst du das Hartgewordene weich."

Wanatu nickte anschließend, Bläschen zum dämmernden, orange getränkten Nachthimmel schickend.

Als er sich aufbäumte, die Pfoten hart wie Granit, und erneut vor dem kolossalen Spiegel trat, der ihm um das Doppelte übertraf, brachte er mit festen Schlägen den Rochen zum Wanken, schlug kurz darauf nochmals mit aller Kraft gegen seinen Bauch, und registrierte wie sein Spiegelbild immer mehr zerrann durch das ins Schwanken geratene Glas.

„Du brauchst mich doch, nur gemeinsam sind wir eins!", wollte sein Gesicht ihm sagen, doch im nächsten Moment klopfte Wanatu weich auf dessen Nase, dass sich kleine, feine Risse darin verteilten, die sich langsam bis zum Rand bewegten, jeweils parallel zur linken und zur rechten Seite laufend, ausgehend von dem mittigen, senkrechten Riss, der den Spiegel in zwei Teile trennte. Noch bevor sein Bild in zigtausend Scherben zersprang, sagte es erleichtert zu Wanatu:„ Endlich, endlich bin ich leer. Unsere Wege scheiden sich von nun an, mein fleißiger, strebender Begleiter."

Sorauf flogen die Glassplitter gleichmäßig zu Boden und Wanatu entdeckte in ihnen, die sein Ebenbild nun eins zu eins widergaben, zappelnde, würgende Krakenarme, die sein Spiegelbild nun aus ihrer Umklammerung entließen.

„Nach oben schwebe ich, nach oben!", freute es sich, „und dort erblicke ich das Ufer, im flachen Wasser watschende Entenfüße, dort werde ich hinkraulen, dort erfahre ich wohin mein Weg mich weiter führt." Als Wanatu nach und nach die Tiefen des Sees durchquerte, begannen sich von unten erst kleine, dann immer größer werdende Leuchtkörper zu gebären – zu faustdicken Punkten wurden sie, die zweidimensional über den Untergrund huschten. Im weiten Radius erhellten sie zaghaft die Umgebung, diese in ein schummriges, aber auch heimeliges Licht eintauchend. Bald erkannte man gallertartige, fleischige Weichtiere, die mit ihren bizarren, überproportionierten Gesichtern gläsern in die Ferne schauten. Gelegentlich formten sie Ringe, die nicht nach oben, sondern nach unten segelten, regelmäßig ausschlagend wie ein Pendel, und schließlich in der Dunkelheit versanken. Aus so einem Ring, der beim Absinken fortwährend an Größe gewann, schoss, just als dieser sich auflösen wollte, ein vier Meter langer Schwertfisch heraus.

Er sprang fast durch den zerstobenen Ring und hatte in seiner gestreckten, spitzen Schnauze eine Moräne aufgespießt, die gerade ihren letzten, zuckenden Atemzug beendete.

Tiefer, und immer tiefer am Grunde des Sees, und noch weiter darunter, schlummerte, verborgen in einer geräumigen Höhle, die übersät war mit marmornen, silbrig schimmernden Stalagmiten, ein ausgewachsener Pottwal, der vom Meer aus gekommen, hier seinen Unterschlupf fand. Seine sanft atmende Bauchdecke hallte von den Wänden wider, als er ordentlich Luft holte und eine kräftige Fontäne zur Seeoberfläche beförderte, um sogleich noch tiefer zu einem Ausgang abzutauchen, zurück schlendernd zum Treffpunkt seiner Artgenossen, dessen Gesang er schon vom Weiten hörte.

Es entstand ein lauter Knall, Krachen, eine pulsierende Druckwelle brach aus, die abrupt versiegte, von der unermüdlichen, schnelleren Fontäne zerteilt, welche, als sie schließlich bei Wanatu anlangte, ihn unmerklich aufwärts stupste, sodass er kaum Mühe hatte sich der Oberfläche zu nähern.

Der Heringsschwarm über Wanatu ward immer nervöser, je näher er zu ihnen kam, dass die Fische scharfe, blitzende Kurven zogen, die sich miteinander verknoteten und wieder lösten. Manche kamen mit den ruckartigen Wendungen nicht mit und fielen glucksend an Wanatu vorbei, der ihre pausenlos wedelnden Schwanzflossen registrierte. Ein jeder von ihnen schaute letztlich zu Wanatu hin, etwas Bitteres verdauend, so als bereuten sie, und schlossen sodann ängstlich ihre Lider. Fast prasselten sie nun reihenweise hinab, als Wanatu sich wenige Zentimeter vor ihnen befand – hier ein Knoten, dort ein Knoten, sich unzählige Male miteinander verstrickend, um sich im nächsten Augenblick wieder zu entwirren. Wanatu ruderte gleichmäßig mit seinen Gliedern, dass er stets auf der gleichen Höhe manövrierte, bis endlich einer von den Heringen stehen blieb. Er bebte am ganzen Leib, man hätte meinen können, er platze gleich.

Wanatu sah ihn freundlich an, das warme Wasser um ihn spürend, den vielen Fischen ausweichend, die schäumend hin-und her brausten. Inmitten ihres Gewitters und versuchend aus ihrem Umkreis zu gelangen, fragte der Hering Wanatu mit angestrengter, wackliger Stimme:„ Was suchst du hier, merkst du nicht, wie du uns in Chaos stürzt. Wir sterben, wenn wir niemanden in unserer Nähe haben!"

Er wackelte energisch mit der Schwanzflosse, ab- und an von einem seiner Artgenossen gerammt, damit er Wanatu erreiche mit seinem oberständigen, ängstlich klappernden Maul.

„Ich will euch nichts Böses", erwiderte Wanatu, „mich treibt es lediglich in diese Richtung, als führte mich eine unsichtbare

Hand. Ihr seid so schön, wenn man euch von Weitem erblickt, doch so zerstreut, jetzt wo ich vor euch weile. Wovor habt ihr solche Angst, ich versichere euch, nichts Übles führe ich im Schilde."

Die anderen Heringe hörten dies, und riefen verbissen:„ Schenke ihm kein Vertrauen, du kennst ihn doch garnicht, töten will er dich, fressen will er dich, erkennst du nicht seine hungrigen Augen. Du bist so groß und wir so klein, scharfe, spitze Zähne hast du, und du schaust so verlegen, so als verheimlichst du etwas – was anderes könntest du schon vorhaben, als uns zu fressen, schau doch wie abgemagert du bist!"

Der eine Hering bibberte, und es machte den Eindruck, als sei er nicht ganz von der Meinung seiner Artgenossen überzeugt. Seine Bäckchen wurden rot, und ganz ungewöhnlich für einen Fisch, begann seine Stirn sich zu runzeln.

„Ich erkenne doch, dass du nicht wie deine Freunde bist, du glaubst doch selbst nicht das, was sie sagen", sprach Wanatu.

„Folgst du denn immer deinem Schwarm, machst das was sie machen, lässt dich von jeder ihrer Angelegenheiten beeinflussen, willst du ewig so weitermachen: in Angst leben, in Abhängigkeit?", fragte Wanatu weiter, den Hering tief in die Augen blickend, die ein helles, elektrisches Zucken durchwanderte – zu lodern fingen sie an.

„Schon längst befindest du dich außerhalb deines Schwarmes und fällst nicht in den Abgrund: zu den Leuchtkugeln wo sie endgültig ihr Leben aushauchen, sehnsüchtig zurück blickend zur Vergangenheit, die bereits erloschen ist. Deine Flossen zappeln und deine Kiemen verlangen nach Luft, du kannst dorthin schwimmen, wohin du willst. Ich kehre nun zurück zur Oberfläche, um eine neue Bekanntschaft zu schließen, auf Wiedersehen."

Darauf durchbrach Wanatu den Schwarm, der sich wild in alle Himmelsrichtungen zerstreute – neue, kleinere

Schwärme bildeten sich, die sich jeweils ihren eigenen Weg ins Abendliche bahnten.

Direkt vor Wanatus Nase zappelten endlich die wie Gelee aussehenden Entenfüße, die nun wabbelig und tollpatschig das Wasser zur Seite stießen. Dabei schaute die Ente beunruhigt zurück. Eine ausgerupfte Feder hing noch aus ihrem Flügel. Wanatu erhaschte ihr dumpfes, langgezogenes Quaken, das schallwellenförmig zu ihm durchs Wasser bebte. „Plötzlich ist das Wasser eiskalt", dachte Wanatu.

„Die Ente fürchtet sich vor mir, aber sie wird mich näher zu meinem Ziel bringen", fuhr er fort, ein unausstehliches Jucken auf der Nase spürend, da die Füße der Ente doch recht rau waren und fortwährend auf Wanatus Nase klatschten.

Für Wanatu völlig ungeahnt, erschien ihm noch ein Gedanke, zu leise für ihn, flüsternd im Hintergrund:„ Will ich das?", während die Füße der Ente:„ Flatsch" - „Flatsch" - „Flatsch" - immerzu auf Wanatus Nase prallten.

Die Tritte der Ente, zusammen mit der Kälte des Wassers, verursachten dass Wanatus Schnauze rötlich anlief.

Noch einer, noch einer, und noch einer ihrer Klumpenfüße schlug auf Wanatu nieder: auf seinen Rücken, sein Becken, seinen Nacken.

„Aufhören sollst du!", fauchte Wanatu.

Er versuchte die Ente zu packen, doch Wanatus Pranken bewegten sich wie in Zeitlupe, weißer werdend: zu funkelnden Schneekristallen, die sanft das Mondenlicht reflektierten.

„Flatsch" - „Flatsch" - „Flatsch", posaunte es erneut, jetzt auf seine schutzlosen Arme nieder krachend. Wanatu meinte das Knacken seiner brechenden Ellenbogen zu vernehmen.

„Lass mich in Frieden du Bestie!", schrie die Ente, „von dort unten wirst du mich nicht zwischen deine Pranken kriegen, beerdigen werde ich dich im See: im kalten, verrostendem Wasser. Mich wirst du nicht fressen!"

Ihr leicht zerfurchter Schnabel flog pausenlos auf und zu, manchmal Wasser auf Wanatu spuckend, wonach sie ihre blaue, erkühlte Zunge zu ihm streckte. Das trieb sie solang, bis Wanatu endlich den schmerzhaften Kies unter seinen Füßen spürte und er sich aus dem See hieven konnte, in dem sich soviel Wundersames abspielte, sich noch so vieles verborgen hielt. Doch Wanatu vergoss darüber keine Träne, weiter wollte er wandern, weiter durch Abraxis.

Als Wanatu schließlich aus dem Wasser stieg, sich die Feuchtigkeit aus dem Fell schüttelte, entdeckte er eine unbändige, wild aufschäumende Wut in ihm aufquellen. Die verwahrloste Ente vor ihm roch nach Gebratenen, so als hätten meisterliche Köche aus Ischtar sie zubereitet, eingelegt in einer pilzigen Sauce.

„Du hast dich wohl verirrt", quakte die Ente, Wanatus abgemagerten Leib beobachtend, sein Zittern. Ihre Pupillen wurden immer größer und aus ihren Mundwinkeln rann Speichel, der leicht gluckernd aus ihrem Schnabel plätscherte.

„Hier wirst du nichts Essbares finden, vor allem ich bin ungenießbar, schlichtweg aus und vorbei.

An mir hat man schon genagt, aber jedem ist der Appetit vergangen, spätestens dann wenn sie anfingen an meinen Flügeln zu knabbern, die ich stets im Erbrochenen zu reinigen pflege ... meinem Erbrochenem. Alle sind sie meine Freunde, alle haben sie mich gern. Also, was möchtest du? Falls du doch deinen Magen mit etwas füllen möchtest, könnte ich dir eine Delikatesse anbieten, einen Pilz in lila Farbe, schmecken wird er dir, dass du immer mehr willst, immer mehr. In deinem gesamten Bauch wird er sich ausbreiten, dass dich tagelang kein Hunger heimsucht. Etwas Kundschaft hatte ich schon heute, aber man kann ja nie genug haben – und jetzt plansche ich hier.

Vorhin hast du mich wirklich erschreckt, fast so sehr wie das verrückte Insekt heute Morgen ... egal. Was sucht auch eine Raubkatze wie du im Wasser? Wenn du möchtest, darfst du mich begleiten über den Hügel dort vorne. Es wird sich lohnen!"

Nur begehrte Wanatu nicht seine Pilze, er verlangte nach Fleisch, rohes, saftiges Fleisch, dass er zwischen seinen Kiefern zerkauen konnte: die Knochen, die Muskeln, all die weichen Eingeweide, bis er voll gefressen, endlich wieder andere Gedanken fassen konnte.

Die Ente selbst watschelte bloß hin-und her, ihre Füße nicht vorwärts, sondern seitlich bewegend – sie machte Pantomimen und deutete mit ihren dreckigen Flügeln eine unsichtbare Wand an, die sich zwischen ihr und Wanatu befinden sollte.

„Auf geht`s, gleich über den Hügel, es ist nicht mehr weit. Ist dir schlecht? Musst du erbrechen? Ich kann dir zeigen, wie du`s am besten anstellst. Hier, ich hab extra einen abgerundeten Stock dafür, hab` ich selbst geschnitzt."

Wanatu schlug den stinkenden, von ihrem Unrat beschmutzten Stock aus ihren Händen und biss einmal kräftig und unbehelligt ins Gras. Bitter schmeckte es, fad, bei nahe wie Pappe und am Ende nach gar nichts, aber Wanatu spürte wie sein Hunger nachließ, er wieder zu Kräften kam.

„Hauptsache der Schmerz lässt nach, dazu muss ich kein Fleisch essen, nicht mein Gewissen belasten, meinen Magen. Zum Teufel mit meinen Instinkten, ich will die Ente nicht fressen!", dachte Wanatu und stopfte seinen Mund nochmal mit Gras voll, jetzt ausgiebig, jetzt aufrecht stehend wie eine Kuh.

„Das scheint dir wohl zu schmecken", sagte die Ente, die nicht verstand, wie knapp sie dem Tod entronnen war.

„Als Nachtisch gibt`s Pilze, schlichtweg aus und vorbei. Mancher Kunde besteht darauf es seien Trüffel. Naja, wie auch immer, da du jetzt etwas gegessen hast, schaffst du`s sicherlich auch über den Hügel. Du siehst schon viel gesünder aus, robuster, deine Mähne schüttelt sich ja richtig!"

Wanatu richtete seinen Körper auf, während sich nach- und nach das zerkaute Gras durch seine Speiseröhre schob. Gerade wie es an seiner Brust anlangte, staute sich die grüne, dickflüssige Masse, dass er heftig ausstoßen musste, nur die Hälfte des Grases noch im Gaumen behaltend, die dann von Neuem zerkaut, endlich ihren Weg zum Magen fand.

„So ist`s gut", sagte die Ente, die sich den Schnabel abwischte, „hätte ich nicht besser hinbekommen können. Tolle Flugkurve, ausgewogene Verteilung, es ist förmlich aus dir hinaus gespränkelt. Das nächste Mal musst du lediglich darauf achten, deinen Kopf etwas höher zu richten, so erlangst du noch breitere Radien. Nichtsdestotrotz, vor mir steht wahrlich ein Naturtalent – Gratulation! Die Meisten begeben sich völlig ausgelaugt in eine Seitenlage, liegend auf ihren Bauch, um ja nicht gesehen zu werden. Das wirkt mitunter lustig, wenn sie vergeblich versuchen ihre Arme übers Gesicht zu legen, die aber viel zu steif dafür sind, bis es schließlich zu rumoren anfängt und die Brühe plötzlich aus ihnen rausschießt, wobei der Unterleib unentwegt wackelt, schlichtweg aus und vorbei. Ohja, einem Insekt gab ich heute Morgen einen Exklusiv-Pilz.

Es zwang mich dazu mit wirren, unflätigen Gebärden. Kurze Zeit später – ich kann es kaum glauben wie viel Suppe aus ihm hinaus geschossen kam – stand das Insekt knapp fünf Minuten stocksteif auf der Stelle, die Arme um einen Steinblock gekrallt, und schrie diesen unentwegt an, nein, es bewässerte ihn. Vielleicht wollte das Insekt, dass eine Blume aus dem Stein sprießt", brach die Ente in Gelächter aus, indes Wanatus Halsschlagader emsig pulsierte.

„Hat sie denn nur Pilze und Erbrochenes im Kopf, nichts anderes? Ist da vielleicht auch was Brauchbares in ihrem konfusen Schädel, kann sie ordnen, kann sie filtern? Mir kommen ernste Zweifel, wenn ich ihren schielenden Blick sehe. Ich wäre gut beraten mich nicht über sie aufzuregen", beschloss Wanatu, der sich mittlerweile wieder recht wohl in seinem Körper fühlte.

„Einverstanden!", sagte er dann zu ihr. Erstaunlicherweise war seine Wut gänzlich verflogen.

„Zeig mir deinen geheimen Ort hinter dem Hügel. Kannst du mir währenddessen mehr über das Insekt erzählen, dem du begegnet bist?"

„Natürlich, natürlich, freilich, kann ich machen, werd` ich machen, schlichtweg aus und vorbei", antwortete die Ente, die aber bereits den Sinn von Wanatus Frage vergessen hatte. Sie knabberte kurz an ihrem, zerschürften, linken Flügel:„ Du glaubst gar nicht was mir gestern passierte ... schau, dort oben! Welch ein Gerät, solch eine Entendame möcht` ich gern näher kennenlernen, wenn du verstehst was ich meine ... tolles Gefieder!", plapperte die Ente, während ihre Pupillen kreuz- und quer eilten.

„Gestern war ich in den Sümpfen, um meine Ernte zu pflücken: duftende, lila Pilze, mmhh, mmmhhH, ich seh` es schon in deinen Augen, du kannst es kaum erwarten einen zu bekommen. Wenn du nett bist, geb` ich dir sogar zwei ... ... ich sah im Schlamm ... wie ein Esel mit einem Krokodil korpulierte. Erstaunlich, oder?! Und keinen blassen Schimmer wie der Esel dahin gekommen ist, wie er in diese Position gelangt ist. Nun ja, in letzter Zeit haben sich öfters solche Begegnungen ereignet. Sie passen doch alle überhaupt nicht zusammen, ihre Libidos müssen verrückt spielen, oder liegt es vielleicht an den Sümpfen, den bräunlichen, in dicken Schwaden austretenden Dämpfen – sogar mir verstopfen sie die Nase, benebeln mir den Geist ... ich muss mich wirklich beherrschen, um an etwas anderes zu denken ... ... zum Glück hab ich ja meine Pilze!", teilte mir die Ente dann mit und brach darauf wieder in Gelächter aus: „Ha-Ha-Ha" – „He-He-He" und schließlich „HiHiHiHi".

Sie kicherte, und hinten an ihrem Gaumen kratzte ihre Stimme. Vereinzelt stob, losgelöst aus ihrem Federkleid, weicher Flaum umher. Schließlich watschelte sie freimütig neben Wanatu.

Wanatu versuchte die Ente mehrmals zu unterbrechen – mit Blicken, mit seiner harten Gestik, ihr durchaus deutlich zu machen: vor dir steht jemand, kein weißes Blatt Papier worauf du deine Memoiren verewigst.

Nichts half. Sie zwickte nur an Wanatus Armen und gesellte sich wieder an seine Seite.

„Weiss sie überhaupt, was sie da redet, wie unnötig viel da aus ihr hinaus quillt – einen Sturzbach produziert sie, der versucht alles mit sich zu reißen. Er saugt ohne auch nur eine Sekunde zu verdauen.

Leider kann ich diese Flut nicht eindämmen, nicht versuchen sie in eine andere Richtung zu lenken, packen würde sie mich, fortschleppen zu ungewollten Ufern", bedachte Wanatu, der nun mit der Ente den Hügel hinauf trottete, ihren regsamen Erguss über sich ergehen lassend – eher siechte es an Wanatu vorbei, plötzlich ihn kaum berührend, ausklingend in ein Gefälle, vor allem wenn er ab-und an nickte, zur besonderen Freude der Ente. Ihre Augen strahlten, glänzten dann im Sternenlicht.

Fast an der Spitze des Hügels angelangt, circa zweihundert Fuß über dem See, konnte Wanatu bereits Ziegeldächer ausmachen, ein kleines Dorf das sich an eine beschauliche, mit rußigem Schnee bedeckte Bergkette schmiegte.

„Zwei mal zwei ergibt zweizwei! Hab` ich irgendwo mal gelesen. Da schau, da unten wohne ich, schön nicht?", krakelte die Ente, kurz Anlauf nehmend, dass sie den Abhang hinunter flatterte. Nach jedem Meter stolperte sie immer wieder über ihre Plattfüße. Sie rief dann jedes Mal zu Wanatu:„ Auf, auf, daheim hab` ich einen Abakus, bestimmt kann ich dir die Gleichung dann beweisen!"

Die Fassaden der Häuser bestanden aus Bambus und wirkten sehr gedrungen. Hier und da mogelte sich ein Ast aus ihnen – manche waren kahl und dürr und andere wiederum kräftig, zudem noch von roten, birnenähnlichen Früchten bewachsen. Bewegte sich ein harter Windstoß, stürzten dutzende Früchte platschend auf die bekiesten, schmalen Steingärten, welche die Behausungen umrandeten. Wanatu zählte über zwanzig Häuser, ein paar von ihnen verbanden Holzbrücken und alles in durchaus kleineren Dimensionen. Durch das Geländer der Brücken schlängelten sich blühende Sträucher – unermüdlich öffnete sich ihr Flor, so als atmeten sie. Und der Hauch der aus ihnen hinaus stäubte, färbte sich cyan, als dieser den feuchten Grasboden benetzte, oder teilweise ins Gebirge verschwand. Zu jedem der Häuser führte ein Weg, die allesamt sich an einem Punkt trafen, an einem viereckigen Platz, der wiederum aus viereckigen, winzigen Steinen bestand. Auf jedem Stein stand ein anderer Buchstabe, die Wanatu auf halber Höhe des Abhangs betrachtete. Da waren welche die klobig aussahen, und andere die man in sehr feinen, geschwungenen Linien meißelte. Einen Buchstaben erkannte man nur, wenn die wippende Wolkendecke das Mondlicht freigab. Es war ein Dreieck, das vor Wanatu schimmerte, und als es aus der Dunkelheit entsprang, drehte es sich vor Wanatus Augen um 90 Grad. Einen weiteren Buchstaben hatte man aus Holz geformt, welcher mit viel Gefühl ins Gestein eingebettet wurde.

Wanatu konnte sich kaum sattsehen an den aberzähligen Figuren, den etlichen, unterschiedlichen Verarbeitungen, dass er wie festgewurzelt auf der Stelle blieb, um mehr zu sehen, mehr zu entdecken, bis letztlich ein Wort durch sein Bewusstsein schwebte:„ Ordnung."

„Wie lang soll die Tür noch offen stehen?", rief die Ente zu ihm hinauf.
Wanatu sah aus der geöffneten Türe die Ansätze einer gesunden Buche, die sich nahtlos aus dem Ziegeldach stemmte, dass kein Luftzug von oben in die Behausung wehen konnte.

Das Ziegeldach war in Form eines Oktagons gestaltet und war schon an vielen Stellen von florierenden, weißen Moos bedeckt – tagsüber, konsequent im staubtrockenen Zustand verharrend, genügte der nun feucht zirkulierende Nachtwind, das Moos zum Gedeihen zu bringen. Es schaukelte Reih` um Reih`, die sporadisch nach unten fallenden Bucheckern zum Erdboden leitend, die dumpf darauf hernieder plumpsten.

Wanatu betrat nun die Türschwelle, staunte über die hölzerne Wendeltreppe, die zur zweiten Etage sich um den dicken, faltigen Baumstamm wand, und erschrak plötzlich, als er in das eingearbeitete Fenster der Türe blickte.

Eine rote, buschige Mähne flatterte um seinen Nacken und die Musterung seines Fells war zur Gänze verschwunden. Sein Körper selbst war weitaus kräftiger und kompakter als vorher. Seine Augen waren anders, ihnen fehlte das Zittern, welches sie zeitüber kaum merkbar begleitet hatte.

„Gefällt dir die Tür?", fragte die Ente dann, „ich hoffe du weisst, das Türen auch zum Schließen da sind."

„Bin ich so aus dem Wasser gestiegen?", erwiderte Wanatu, eine Tatze ableckend mit der er sein Gesicht bestrich, „habe ich so ausgesehen, wie ich jetzt aussehe?"

Die Ente stellte währenddessen eine blecherne Kanne auf den Herd, die zu pfeifen begann.

„Ich denke schon, nur hat mich die Sonne geblendet, zumindest zogst du einen schwarzen Schleim mit dir mit, der sich später von dir löste, als du aus dem See gestiegen warst."

„Zu einem Löwen bin ich geworden!", hämmerte es kurz und schlagartig durch Wanatus Schädel.

Dieser Gedanke verschwand augenblicklich, im grellen Fiepen der sich schüttelnden, kupfernen Teekanne.

„Der Tee ist sofort fertig!", schrie die Ente, nachdem Wanatu die Türe verschloss, „lecker grünen Tee gibt`s, darauf Sahne und Honig!"

Und schwupps landete ein kleiner, lila Pilz in ihrer Tasse, der sich darin wie Brause auflöste. Das Getränk verdunkelte sich, einen beißenden Geruch verströmend, dass der Tee sich in eine dampfende Brühe verwandelte.

„Auch einen?", fragte die Ente und blickte Wanatu erwartungsvoll an.

„Nein danke."

„Dann einen Halben ... ..."

„ ... "

„Na gut, ein Viertel aber?"

„?"

„eine Brise dann, wirklich, probier doch einmal, es ist noch keiner krepiert davon. Nur ein bisschen, du glaubst gar nicht wieviele schon –"

„Lass gut sein."

Infolge schmollte die Ente den restlichen Abend, teils verfluchte sie Wanatu – kurz davor war sie, ihn aus ihrem Haus zu weisen.

Eine Kanne schmiss sie nach ihm, eine schöne Tasse aus Keramik, die scheppernd an der Holzwand zerschlug, bis sie schließlich, nach ungefähr einer Stunde, als draußen schon tiefste Finsternis herrschte, von bösen, ins Mark dringenden Krämpfen heimgesucht wurde – sie fieberte und nuschelte nur noch wirres Zeug.

„Meine Würde ist unantastbar, bloß ICH kann sie verletzen! Wozu brauche ich Würde? Nur Idioten verlangen danach! Womit hab` ich das verdient, warum hab` ausgerechnet ich Hämorriden?!

Mein Hintern, mein Axxxx juckt!

Es könnte alles so schön sein.

Wer will nicht, das alles schön ist?

Um zu fressen, werd` ich Dieb, jeden beklau` ich, geil soll alles sein, geil!

Schlichtweg aus und vorbei!"

Sie faselte weitere Ungereimtheiten.

„Jenseits von Gut und Böse!
Verdammte Katze, für wen hält sie sich!
Bloß nicht reizen!
Umso mehr desto besser!
Ich bin nicht der, der ich zu sein scheine.
Ist das Fußpilz, hab` ich jetzt Fußpilz?!
Dieser Körper, gib` mir die Flügel eines Adlers, dann kommen
sie schon von alleine: die Entendamen.
Von nun an trag` ich Pantoffeln, welche aus Erz gehauen.
Drei mal drei ergibt dreidrei!"

Wanatu schaute dem Ganzen noch ein Weilchen besorgt zu,
bis die Ente sich laut schnarchend schlafen legte, mitten auf
den Boden, der hart war, ungemütlich, ihr sicherlich
Alpträume hervor rufen würde, dass Wanatu sie auf einen
Sessel rollte. Immer wieder prallte sie dabei auf den Boden,
ihre Sabber hinweg schleudernd, die mitunter auf Wanatus
Fell spritzte.
„Wie dick sie ist, wie schwer, wie verschmutzt!", jauchzte er.
Endlich ging Wanatu sichtlich erschöpft zu Bett, nach
mehrmaligen Versuchen die Ente erneut in eine komfortable
Position zu bugsieren, was sie jedes Mal mit einem
ausgiebigen, trottendem Schnarcher erwiderte, und ihren Hals
wieder von der Sofakante baumeln ließ – kaum ein Wirbel gab
ihrem Hals Halt, so wie ihr Kopf hin-und her schlackerte, so
als sei er aus Plastik.
Die Wendeltreppe zur zweiten Etage, worüber sich Wanatu
dann bewegte, wankte am letzten Viertel fürchterlich.
Treppenstufen gaben unter seinem Gewicht nach. Morsch
waren sie und stückweise verschimmelt, dass nach und nach
die Stabilität der Treppe das Weite suchte, um der
Katastrophe zu entgehen, die unmittelbar bevorstand. Unten
brach die Treppe schon aus den Fugen, oben hielt sie noch,
schwankte aber kurz darauf zur Seite.

Und alles drehte sich um Wanatu, seine Umgebung, sein Bewusstsein, und genau unter der Treppe lag ausgerechnet die Ente im Delirium, nichtsahnend was sich über ihr anbahnte, lediglich versuchend sich mit den Füßen am Kopf zu kratzen, dass sie abermals hart auf die Dielen klatschte. Auch nicht die spitzen, umher wehenden Holzbrösel vermochten die Ente aufzuwecken, die nun säckeweise hinunter prasselten.

„Jetzt stirbt sie doch, durch meine Unachtsamkeit, durch mein Tun!", dachte Wanatu, worauf er einen Schrei nach unten sendete, ein ohrenbetäubendes, den Bambus zum Beben bringendes Gebrüll, dass noch mehr von der Behausung einstürzte. Ein dicker Balken der das Dach stützte, krachte, gefolgt von mehreren Ziegeln, mitten in die Küchennische, dass Rohre platzten, welche die Ente unweigerlich aus dem Schutt spülten.

„Lacht sie?", überlegte Wanatu, als er sie ohnmächtig beobachtete, wie sie Bahnen drehte inmitten der fallenden Trümmer, und nicht von ihnen getroffen wurde.

„Doppelt sehe ich doch, o, diese Müdigkeit, geschieht das wirklich, was ich gerade sehe?"

Wenige Augenblicke später fiel Wanatu in einen tiefen Schlummer.

Und vom Platze aus, wo die vielen Buchstaben ebenso schlummerten, entsprang schließlich eine Motte aus dem Dreieck.

„Wenn du aufgewacht bist, gehe zur Dorfältesten, sie ist diejenige, die du eigentlich suchst", sprach die Motte und wurde zu einer Raute, die sich gleich in der Mitte teilte, dass zwei Motten, beide landend auf einem fliegenden Teppich, neben Wanatu Platz nahmen.

„Da ist ja mein geliebtes Ischtar", sagte Wanatu.

„Dort, der Brunnen meines Hauses aus dem ich immer frisches Quellwasser schöpfte. Mein Ur-Großvater hatte ihn einst gebaut aus selbst gefertigtem Gestein, der verbunden war durch Mörtel. Weiß war es wie Kalk und alterte nicht; es trug stets die gleiche, reinliche Farbe."

Die Zelte des sandigen, von Lehmgebäuden umgebenen Marktplatzes wurden sichtbar. Man erkannte das Rathaus, welches sein Fachwerk zur Schau stellte – Skulpturen aus Holz geschnitzt an jeder Ecke, am oberen und unteren Geschoss. Die Skulpturen stellten Säulen dar, teils mit verzerrten Gesichtern, teils mit schwachen Zügen, kaum merklich, so als verstecke sich in ihnen die Sünde, um empor zu kriechen, wenn man unachtsam ist. Ein rundes, stockiges Wüstengewächs kullerte alsdann über den Marktplatz, an den vielen, im Wind schwingenden Gewändern vorbei, an den tausenden mit Sandalen bestückten Füßen vorbei, um den Leuchtturm hinauf zu rollen. Er stand südöstlich zur Stadt, zum Ozean angrenzend, der seine heftigen, aufstauenden Wogen an die betonierten Dämme warf. An der Spitze des Turmes entfaltete sich das stockige Gewächs schließlich, sich um das Geländer windend.

Vor einer Leiter, die zum Leuchtturm hinauf führte, machte der Teppich dann Halt, denn Wanatu hatte das Gefühl, die Person kennen lernen zu wollen, die dort oben hauste.

Rostig und porös wirkte das Gerüst, fast lose an der Mauer schaukelnd. Keine Tür war zu finden, und der fliegende Teppich eilte bereits wieder zurück, um bei einem Stand eines Händlers sich wieder ordentlich zusammen zu rollen. Der Händler trug einen langen, grauen Bart, ein Emblem blitzte auf seinem Gewand. Fremd wirkte er, wie jemand der von weit hergekommen ist aus einem unbekannten, unerforschten Land, Steppen, Gebirge, und Flüsse überquerend, um in diesem Brodem abseits von allem zu stehen, und gleichzeitig eine Verbindung mit allem einzugehen, eine Wärme, eine die keine Schuld trägt.

„Hier soll ich hinauf?", zweifelte Wanatu, während die beiden Motten zum Licht stiegen, leichten Pudersand von ihren Schwingen streuend, der Wanatu in den Augen kitzelte. Wanatu probierte es zunächst mit seinen Tatzen. Doch stürzte er, stürzte immer und immer wieder, bis er den Entschluss fasste zu bluten, bis er dort hinauf komme.

„Ich will dort hoch, ich muss!", beschwörte sich Wanatu, „nur Mut, der Schmerz wird schon vorbei gehen, erprobt bin ich mittlerweile darin."

Und er biss sich in die Aluminiumplanke fest, in die Nächste, die Nächste, und weiter, und weiter, in zehn, zwanzig, hunderte Aluminiumplanken, von denen sein Blut hinab tröpfelte.

„Du hättest auch eine andere Methode, eine Einfachere benutzen können, doch fehlte dir die Technik dazu", sprach endlich eine sonore Stimme aus dem Licht, „doch komme nur herein, lasse dich nicht blenden, nicht entmutigen nach all den Strapazen."

„Sie sieht aus wie ich. Die ergrauten, vereinzelten Strähnen, ihre fröhlichen Augen, ein offenes Wesen bei dem ich Zuflucht finde, jemand der mir vergibt ... eine Mutter ist sie", dachte Wanatu sofort, als das Licht sich dimmte, während zwei Schmetterlinge die Dorfälteste tänzelnd umkreisten.

Mit ihrer rechten Pfote strich sie Wanatu über die Wange.

„Du bist eine tapfere, eine wunderbare Seele. Ein guter Junge bist du, der seinen Platz in der Welt finden wird, ein zu Hause in dem er sich geborgen fühlt."

Eine herzliche, mitreißende Brise durchflutete Wanatu, warme, reinigende Tränen auf sein Antlitz zaubernd.

„Das ist Liebe", erkannte Wanatu, „diese Person kennt mich schon seit meiner Geburt."

„Es tut mir Leid", sagte Wanatu dann, „dass es solang dauerte, bis ich dich fand. Bitte verzeih mir." Ein silberne, wässrige Perle purzelte ihm über das Gesicht, die sich jäh auflöste, bevor sie den Grund berührte.

„Finden wirst du dich nicht in der Welt, dich jemals dort wohlfühlen,
hinterherlaufend den falschen Dingen,
Dich verstrickend –
allzeit an ihr gebunden, ihr,
die dich stets um stets befleckt,
die Ruhe dir nimmt,
dich beleckend mit ihrer klebrigen Zunge,
Chaos, Niedergang, Missmut erweckend:
dass das Kind in dir verendet ...
wache auf!
Gehe dorthin wohin du willst –
sorge dafür –
gehe voran, du weißt doch bereits, wohin dein Weg dich führt.

Wanatu, Wanatu, irrgläubiger Wanatu,
der immer sich in die Dinge verbeißt,
bist doch endlich hierhin gereist,
um zu erfahren:
dass es nun zu Genüge heißt.
Von nun an wirst du ein Igel sein,
zum letzten Gang durch Abraxis gefeit", sangen am Ende die beiden Schmetterlinge, die sich auf den Schultern der Dorfältesten niederließen.
„Den Käfer lasse wandeln", sprach diese dann „ gehe vorbei an den Bergen, du bist nun genug geklettert."
Als Wanatu seine Augen zuschlug, und wieder aufschlug, befand er sich wieder in der eingestürzten Behausung der Ente, die dösend über den Trümmern lag.

Im Morgengrauen verließ Wanatu die zerstörte Stätte und wanderte wochenlang an den Hängen des Gebirges entlang, das ihn reichlich mit Nahrung und frischem Wasser versorgte, jetzt da er ein Igel war. Er genoss das Allein sein, die Ruhe. Nach geraumer Zeit ließen seine Sorgen ab, das ewige Gehetzt sein, das Karussell welches unermüdlich seine Runden drehte. Er ging wann er wollte, und rastete wenn sein Körper danach verlangte, ein leichtes, erholendes Gefühl in ihm einbettend, das ihn fortüber begleitete.

Die mannigfaltige Natur um ihn ließ er an sich vorbeigleiten, nur in sich selbst weilend, dort den Einklang findend. Man ließ ihn in Frieden, die Tiere, die Pflanzen, das kleinwüchsige Volk, welches in riesigen, breit ausgefächerten Baumwipfeln ihr Dorf gegründet hatte. Er wurde beschenkt, indem ihm Raum gewährt wurde, Zeit sich nieder zu lassen, Harmonie suchend, die Schritt für Schritt Wanatus Beklommenheit beseitigte.

Geröll das gelegentlich von den Hängen herab stürzte, beachtete Wanatu gelassen. Jedes Mal wusste er, es treffe ihn nicht, an einem ganz anderen Ort wird es niederschlagen, solange er sich übt, erkennt was sein ist, und was nicht. Kein Objekt drang da in sein Bewusstsein, keines von außen durch seine halb geschlossenen, dämmernden Augen, die entspannt seine inneren Vorgänge betrachteten, seinen Körper der stets heitere Luft aus dem Äther holte. Wanatu schlief nur kurz und aß sehr wenig, bald das Ende der Gebirgshänge erreichend, die ihm eine schneebedeckte, kristallene Landschaft enthüllten, die erstrahlend von den Sonnen beschienen wurde.

Auf einer Anhöhe, die sich an den Horizont lehnte, bemerkte Wanatu, wie sich ein dutzend, vierbeinige Silhouetten darauf versammelten. Kurz danach heulten sie gemeinsam hallend über die glatte Ebene, um zu Wanatu zu sprengen. Dabei zerstoben sie den Schnee, dass sie im Dunst der aufstrebenden Kristalle versanken. Als die heran nahende

Schwade Zentimeter vor Wanatu Halt machte, während seine rechte Tatze zum ersten Mal das weiße Puder zusammen presste, welches vorsichtig und knarrend kollidierte, entdeckte Wanatu rings um sich rote, nervöse Augen, die ihm feindlich gesinnt waren. Hungrig waren sie, skrupellos, sie gehörten den weißen Wölfen an, die sich nun knurrend um ihn scharrten.

Sie bissen zu, solange bis Blut aus ihren Mäulern floss, während Wanatu eingerollt, kaum etwas von ihren Bemühungen bemerkte, geschützt von einer dichten, benadelten Hülle, die zwischen ihm und den Wölfen lag.

Sie lehrten mir Vergebung, dass ich fortan in ihre Augen sehen konnte.

Als du mich schließlich zurück brachtest, meine Gefährtin, ward ich jünger geworden, neu geboren aus einem Käfig. Du führtest mich erneut über die Grenzen der Galaxien, dass ich dort anlangte, von wo aus meine Reise begann, zum Teleskop das nun unverändert vor mir stand.

Sofort begrüßte es mich:„ Guten Tag Wanatu!"

Es zitterte, dass die Schrauben emsig wackelten und quietschten, „ich bin geblendet, meine Linse ist verdunkelt durch die Hitze der Sonne.

Sage mir nur eines, bevor du hinunter gehst. Was ist so Schlimmes daran, ein Herz aus Metall zu besitzen, ein Hartes dass alles Leid von mir abstößt, sah ich doch die Bewegungen eurer Lippen, die Worte die ihr über mich spracht? Was ist daran Übel, wo ich doch eines besitze? Ich fühle doch, dass es schlägt!"

„Dass du dich hier einsperrst", antwortete ich dem Teleskop, „unentwegt in die Ferne schauend, während du dich einrichtest, soweit es dir möglich ist, umgeben von kratzendem Staub."

Endlich ging Wanatu hinab, sich verabschiedend von dem Teleskop, und als er hinab stieg, flüsterte er folgendes in einer neuen, ihm unbegreiflichen Sprache, singend zu seinem Herzen:„ Ich danke dir meine liebe, so treue Sonne, meine schönste, liebste Gefährtin. Du zeigtest mir deine wahre Gestalt. Ich danke dir, dass du mir so viel Vertrauen schenktest, meine Glieder erwärmtest, dass all meine Sorgen verflogen.

Aus dem tiefsten Inneren, dem Unendlichen, dem Ort wo das Wort nicht existiert, danke ich dir, dass du bist."

IV

„Du denkst zu viel Ayasha", sagte Dabu.

Baguyo ergänzte:„ Du musst dich konzentrieren."

Vor Ayasha lagen mehrere Werkzeuge ordentlich beieinander gereiht: eine Schere, ein Messer mit dem sie das Blei bearbeiten sollte, breit war es, und zur Spitze nach innen gewölbt, ein kleines Hämmerchen, ein Zollstock, ein Aufreiber, womit sie das Blei verbreiterte, das geschnittene Glas, welches bald in die Bleilinien gelegt wurde, ein flacher Holzscheit, und Nägel.

„Erst fertigst du eine Zeichnung an, gib Acht dass du diese auch mit den gegebenen Mitteln umsetzen kannst, nur nicht zu kompliziert", erklärte Baguyo, „dann nimmst du dir das Kohlepapier, welches du in der steinernen Kommode dort drüben findest, und legst dieses unter deine Zeichnung. Unter das Kohlepapier kommt schließlich noch Schablonenpapier. Hier hast du einen Bleistift, mit diesem fahre über deine Zeichnung. Über das Kohlepapier erzeugst du nun einen Abdruck."

Ayasha grübelte trotzdem emsig nach, indessen sie zeichnete. Ihre Gedanken kehrten immer wieder zu Yagoba, zu der Zeit die sie dort verbrachte, wie sie in einem Zimmer stand, rings um ihr sprechende Leute, die einen hektischen Geräuschpegel erzeugten.

„Was habe ich dort gewollt?", fragte sich Ayasha, als sie die Schere nahm, um entlang der schwarzen Linien die Schablonen auszuschneiden.

Ayasha stand in der Ecke eines Zimmers, möglichst abseits, fernab von dem Geplärre, welches sie umzingelte.

„Ich fühle mich so fremd", tönte es in ihr, „gehöre ich hierhin? Was habe ich schon hier zu suchen, höre ich die Worte, die aus ihnen fahren, die Arktis die ihre kahlen Gletscher knirschend in ihnen vergrößert? Allein bin ich unter den Meinigen, dass sich spitze, scharfe Zähne aus meinem Kiefer pressen, die nur Schweres, nur Unbekömmliches verdauen wollen."

Ayasha lauschte dem kleinen, diamantenen Rädchen ihres Glasschneiders, das eine Rille auf das Glas drückte. Dann nahm sie sich die Zange, führte diese knapp an ihren Schnitt, und zerbrach das Glas, während von draußen eine Liane an das bunte, beschädigte Fenster klopfte, vom Wind bewegt, deutend auf das Lichtspiel. In einem 45°-Winkel schlenderten da die Lichtbahnen zu Boden, ganz gemütlich, und vermischten sich stets erneut, immer in den Grenzen des Fensters, welches sie bemalte.

Was machst du

hier?

Lachen Ich

will will

nicht

ich ich HIER

quäle sein?

mich?

so

Wie Am liebsten

Ich Würde

als kleines kind lachte. ich

sie

alle Töten

Warum töten? will

müssen sie so? ich

laut sein? Sie

auch ich möchte lachen!

„Das ist so eigenartig, so beengend. Kann ich nicht wirklich alleine sein, denn wenn ich es wirklich wäre, würde ich bestimmt keine Einsamkeit spüren. Doch dieses Ding was sich da gerade in mir gebärt, bis dahin würde es mir folgen, ein Dämon dem ich selbst die Tür öffnete."

Es lief Ayasha eiskalt über den Rücken, so als schwebe eine unheimliche, geisterhafte Gestalt hinter ihrem Nacken, so als fasse die Gestalt sie mit ihren kühlen Händen.

„Gut hast du das gemacht Ayasha", lobten sie auf einmal Dabu und Baguyo. Ayasha reagierte erst, als der Meister seine Hand auf ihre zitternde Schulter legte.

„D-Danke", erwiderte Ayasha und erblickte schließlich ihr vollendetes Fenster. Nicht einmal hatte sie bemerkt, wie sie das Zinn verwendete, um die Kreuzungspunkte der Bleie zu löten, und somit dem Gebilde mehr Stabilität zu verleihen.

„Du besitzt keine Moral meine junge Schülerin, bei dir steht vieles auf einem wackligen Gerüst", hauchte der Meister in ihr rechtes Ohr und verschränkte die Arme, verbergend in seinem langen Gewand.

„Die Moral die dir inne ist, ist nicht die deinige, dir anerzogen ist sie. Dein Entwurf gefällt mir im übrigen sehr. Die wenigen Menschen, die ihren Weg hierhin finden, werden sich sicherlich wohlfühlen."

Baguyo und Dabu halfen Ayasha dann beim Austausch des Fensters, und bevor sie allesamt weitergingen, befreiten sie noch den Quell außerhalb des Schreines vom Geröll, dass dieser wieder ungehindert weiterfließen konnte. Nur eines beunruhigte Ayasha im Nachhinein, der kurze Zwischenlaut einer entstellten Stimme, die aus dem Djungel zu ihr kroch. Ausschließlich der Meister und Ayasha selbst registrierten sie.

V

Wanatu betrat erneut die Schenke, und als er den ersten Schritt auf vertrautem Boden tat, empfand er, dass sich ein transparentes Ebenbild aus ihm schälen würde, ein lustiges Kribbeln durch seine Glieder schickend.

Wanatu betrachtete wieder die drei Sitzecken mit ihren Wasserpfeifen, sich selbst wie er nun wieder hier stand. Man hatte den gesamten Raum gesäubert, dass eine Spinne gerade im Begriff war, von Neuem ihr Netz zu spannen, worin sich bereits eine Fliege verhedderte, unermüdlich strampelnd, stetig nach Blut suchend, nur um jetzt selbst gefressen zu werden. Wie bekannt Wanatu doch alles war, das Polster worauf er sich nun niederließ, die freundliche, einladende Atmosphäre, das gute Klima, der frohe Wind der durch das halb geöffnete Fenster über sein Gesicht wehte – das Sonnenlicht, welches nur soweit den Raum erleuchtete, dass dieser nicht zu hell und nicht zu dunkel war.

„Wie lange wohl war ich weg gewesen?", sagte Wanatu leise zu sich selbst und schaute aus einem Fenster, einem aus Sandstein gehauenen, kreisrunden Jali. Es besaß eine sehr feine Struktur, dass man hätte meinen können, die steinigen Linien seien gezeichnet, so filigran erschien das feste, blühende Muster.

„War ich wirklich dort gewesen?"

„Wo war ich nochmals?"

„Alles verflüchtigt sich, die Bilder, die Erinnerungen. Sie versickern ins Dunkle. Ich lache, denn sie kitzeln mich – sie leuchten, tief in mir drin, eine runde, sich stets drehende Kugel formend, die allzeitlich Energie erzeugt."

Und dann ward alles still für Wanatu, als er eine vertraute, liebliche Stimme aus dem Hintergrund vernahm, eine Harfe, die umarmende Klänge zu ihm trug.
„Redet sie mir ?"
„Niemals hörte ich Schöneres, welch Glück mich umgibt!", flogen Worte aus Wanatu, nachdem die bezaubernde Stimme zu ihm sprach, diejenige die ihn in diese Schenke ehemals einlud.
„Mahmud ist vorhin abgereist, liebe Grüße soll ich dir von ihm bestellen", lächelte sie.

Wanatu erkannte wieder die verzaubernden, hellbraunen Augen, das seidige, braune Haar, welches golden im Licht schimmerte, ihre Lippen, ihren Körper, Sehnsucht die von ihm Besitz ergriff, Freude, weil auch sie glücklich war, schwimmend und taumelnd in einem Meer voll farbiger Federn, die einen zum Himmel hievten. Wunderschön war sie, seine Erfüllung, die Lösung all seines Leidens. Nur wenige Meter entfernt stand sie vor ihm, wartend, nur zu reden hätte er gebraucht, nur seine Hand zu ihr reichen, einen unsterblichen, bebenden Moment erlebend.

Doch rührte sich nichts, stillschweigend, für eine Millisekunde den Zweifel Einlass gewährend, weilend in einem dicken Nebel.

„Wenn sie sagt, dass Mahmud erst vorhin abgereist ist, kann ich nicht lange weg gewesen sein. Doch wo war ich nochmals? Bruchstücke eines Lebens klopfen an meine Türe. Habe ich darin gelebt?", dachte Wanatu, als ein breites Bündel Sonnenstrahlen aus der Wolkendecke brach und seinen Rücken erwärmte.

Ein letztes Mal blickte er in ihre hellbraunen, tiefgründigen Augen. Er besah die Welt, die sich darin widerspiegelte, Leben das ihn zu sich rief.

„Wenn der Nebel sich lichtet, werde ich zu ihr zurückkehren", sprach Wanatu zu sich selbst.

„Wanatu??"

„Kannst du bitte noch ein Weilchen auf mich warten, zunächst muss ich mich um andere Dinge kümmern ... lebe wohl", verabschiedete sich Wanatu ohne sich noch einmal umzudrehen. Er öffnete schließlich die schwere Schenkentür, um endlich wieder die bepflasterten Straßen seines geliebten Ischtars zu berühren.

Fürs Erste ging Wanatu ziellos umher. Allmählich begegneten ihm Menschen, die ihn freundlich grüßten, denn man traf hier nur vereinzelt auf Personen, hier im äußeren Bezirk der Stadt. Die Häuser waren entweder gelb oder grün bestrichen, ganz wenige orange, und nie zu aufdringlich; es war als winkten sie einem zu. Jedes wollte Freundschaft schließen, jedes einladen in seinen Innenhof, die reich geschmückt waren mit allerlei Pflanzen. Manche wuchsen von den Fensterbänken hinab, manche sprossen aus Kübeln, und andere ragten direkt aus den beziegelten Höfen, rundum befreit von Hindernissen, dass sogar prächtige Dattelpalmen sich vor Wanatu verneigten, vorausgesetzt die eisernen Tore waren geöffnet – verschlossen konnte man nur erahnen, welcher Glanz sich dahinter verbarg, hinter der feinen, überaus dichten Ornamentik.

Ein Schwarm Spatzen schrak plötzlich auf und flüchtete zu dutzend über die flachen Dächer.

„Bist denn du dir sicher, dass du in Ischtar bist?", sprach dann Jemand aus einer uneinsehbaren Gasse. Es schien Wanatu als berühre ihn ein kalter, öliger Hauch, als versuche dieser ihn zu zerschneiden. Ein Halm bewegte sich, der sich hätte gar nicht bewegen sollen, dort ein Kiesel, und trotzdem umfing Wanatu keine Angst:„ Solche Dinge weilen in einer anderen Welt, nicht in meiner", sagte er, festen Halt unter seinen Füßen spürend.

Nachdem die Umgebung sich beruhigte, begriff Wanatu, wer da zu ihm sprach.

„Sollten mich denn meine Sinne verlassen? Wo soll ich sonst sein außer hier? Ich sehe, höre, fühle doch meine Heimat, mein zu Hause! Hast du nichts besseres zu tun, als mich zu stören, such dir einen anderen Platz an dem du dein Unheil verbreiten kannst!"

„Ich war bei dir zu Hause Wanatu, aber ob du den Weg dorthin finden wirst, wage ich fast zu bezweifeln. Hab` übrigens Dank, für die Groschen die du mir gabst."

Danach hörte Wanatu wieder das Schleifen, das sich in die Windungen des Gassensystems vergrub.

„Zu Hause ... bei mir zu Hause war das Geschöpf? Jetzt wie ich darüber nachdenke, wo habe ich nochmals gewohnt?", schlug es ein in Wanatu, wie ein Blitz der sich in einen Strudel wirft.

„Wo genau wohne ich?"

Schweißperlen tropften ihm von der Stirn, heiße und kalte, mal Eis das ihm über den Rücken lief, mal sengende Glut die auf seiner Stirn brannte.

„Habe ich vergessen, wo mein Haus steht?"

In der Tiefe hörte er wieder das Schleifen, ganz schwach, als wäre es kilometerweit entfernt, und dennoch war es das Einzige, was als Geräusch zu ihm drang, nur das Reiben der Schuppen.

Ich war bei dir zu Hause

Wanatu folgte dem Geschöpf, immer einen sicheren Abstand zu ihm haltend.

VI

Ein beißender Gestank stieg in Wanatus Nase. Nach Fäkalien roch es, nach Schweiß, Niedertracht – nach schlechter Gesinnung die widerlich eine Flucht ins Freie suchte. Ausgestoßen wollte sie werden wie Erbrochenes aus miserabel gebauten Häusern, die hier schon zu bröckeln begannen.

Wanatu kam dem Schleifen näher, als es ihm lieb war. Auf einmal stand das Wesen neben ihm, noch verdeckt von einer Hausecke, aber seinen Atem spürte Wanatu, dünne, rostige Klingen, die sich langsam in seine Haut schnitten.

Wanatu konnte es sich beileibe nicht erklären, doch war ihm das Geschöpf durchaus vertraut.

„Ich war bei dir zu Hause", schallte es erneut in ihm, und aus der Ecke hörte er es nochmals – anders. Das fremde Organ krächzte, polterte wie ein wahnsinniger Specht auf seiner Schädeldecke.

Ich war bei dir _ _ _

„Hör auf!", schrie Wanatu dann, „in dir steckt doch kein Funken Vernunft! Rede anders, so wie Menschen reden! Aus welchem Urgrund erwachen bloß deine Töne? Und doch kommst du mir bekannt vor. Warum kann ich mich nicht erinnern?"

Das wirst du bald erfahren, folge mir noch ein Stückchen, es ist nicht mehr weit

Vor einer alten, heruntergekommenen Villa machte Wanatu Halt. Das Geschöpf war verschwunden, nur die Fußabdrücke im Staub zeugten von seiner Anwesenheit. Sie führten über die niedrige, modrige Holztreppe, über der eine geöffnete, quietschende Tür hinab starrte.

Kommst du? , schien Wanatu zu hören, ein ganz leises Zischeln, das in seine Gehirngänge schlüpfte.

Wanatu ging die knarrende Treppe hinauf, und betrat die Villa.

„Das Gebäude ist mir so bekannt, dass ich gar in der Dunkelheit mich zurecht finde."

Er durchquerte die Räumlichkeiten, und sah die Objekte in einem schwummrig, grünen Licht, bis er schließlich ein Bild fand, das ihn in gewöhnlichen, lebendigen Farben begrüßte.

„Das bin ich!", erschrak Wanatu, „ich bin darauf abgebildet!"

Um ihn stand seine Familie, dass schlagartig seine Erinnerung wieder zu Vorschein kam, niederprasselnd wie übermächtige, zentnerschwere Regentropfen.

VII

Es war einmal ein junger Erwachsener, der untröstlich war, dass er in diese Welt hinein geboren wurde. Sein Name lautet Wanatu.

Die Sonne schien behaglich zur Erde, all die im Wind tänzelnden Pflanzen benetzend, all die raschelnden Bäume, die Schmetterlinge, die zu zweit, zu dritt, freudig ihre Pirouetten drehten, Borkenkäfer, deren Panzer hieran nussbraun schimmerten, Vögel, die zur Höhe getragen, klar ihre Rufe erklingen ließen, Bäche, die glitzern Schneisen in die Ebene zeichneten – all das wuselnde Treiben bescheinend, das sich überall in den winzigsten, wie in den gewaltigsten Dimensionen vor Wanatu offenbarte.

Doch Wanatu blickte leer aus dem gekippten Fenster, verloren aus dunkelbraunen Augen, während sein wehendes Haar Schatten zur Landschaft warf.

„Gab es jemals einen Ort, an dem ich mich wirklich wohl fühlte, ein Fleckchen an dem ich aus meinem Innersten frei von Sorge lachen konnte? Es ist als wäre ich vollkommen allein, keiner der so fühlt wie ich, niemand der mir seine Hand reicht. Verlassen bin ich, obgleich Milliarden anderer Menschen auf diesem Planeten wandeln. O, wie schwer die Last mich gen Boden wringt", dachte Wanatu, und vergrub sein Gesicht in seine weichen Hände.

„Wanatu ... ... WANATU !!!", schallte es von unten herauf.

Eine im Subton quakende Stimme, die sich wütend hinaus presste. Sie klang fürchterlich, sie erdrückte, sie übte Gewalt, tief aus dem Rachen kam sie heraus gequollen.

„WANATU!", tönte es erneut.

Wanatu zitterte. Seine Arme verschränkten sich, und drückten auf seinen verhärteten Bauch. Sein Kinn schaukelte hin und her. Wanatu biss sich auf die Zähne, sitzend hinter verschlossener Türe, schweigend in seinem Zimmerchen. Wie aus einer entfernten Welt erklang ein Echo, das dumpf einen Namen zu seinen Ohren trug, einen befremdlichen Ton, der sich ein Schlupfloch zu seiner Wirklichkeit suchte. Und klamm ward es ihm in der Magengrube, kein Gefühl empfand er im Brustkorb, ein betäubender Schleier dichten Nebels dehnte sich wurzelschlagend in ihm aus, dass er Not hatte in ruhigen Zügen Luft zu holen, dass Glieder sich versteiften, und Augen die einst dunkelbraun noch einen Schimmer, ein Funkeln beherbergten, düster ins Unwirtliche blickten.

„Ich will nicht mehr!"

„Ich kann nicht mehr!"

„Hat dies Leben einen Sinn?"

„Wer bin ich?"

„Kalt ist es hier, bitterkalt!"

Zig-fach stürzten weitere Sätze nieder, sprangen Hagelkörner entzwei: und schmolzen zunächst, um anschließend zu einem festen, fraktalen Netz zu vereisen, zu einem Schneekristall zu vereisen.

„Wie kann das sein? Was entspringt da in mir? Was sind das für Würmer, die mich ersticken? Sie existieren doch, sind doch ein Teil von mir, obgleich sie mir so fremd sind, ich sie nicht in mir haben will!", grübelte Wanatu verzweifelt.

„Wo bin ich hier, es ist so dunkel? ... Mir wird unheimlich müde ... schlafen könnte ich ... für immer ... keine klaren Gedanken sind zu fassen, alles verschwimmt, alles wirkt so abgelegen, so abgeschieden, so unberührbar. Ah, von hier oben sieht alles so klein aus, so verschwindend klein, so belanglos ... so winzig. Wunderschön ist es hier, noch nie erblickte ich solch Schönes, solch Reines, etwas das so frei ist, frei von aller Last, allen Sorgen, allen Ängsten ... allem Hass ... hier existiert er nicht. Endlich ... endlich ... habe ich Ruhe. Ich vermisse sie nicht, diese Welt, die voll Abscheu ich beging, die voll Schwarzem mich erdrückte."

Keinen Ausweg entdeckte er, nur den Einen. Nichts das ihn hier festhielt, ihm sanft über die Wange streichelte, nichts und niemanden der seine Zeit, mit der Zeit Wanatus in Einklang brachte, nichts das ihm warm die Seele berührte. Was er bloß erahnte, kaum hörbar, tröpfelnd aus seinem Unterbewusstsein, tanzten andere Fäden ein zweites, ihr eigenes Spiel. Voller Farbe, blühend voller Facetten, erstreckte sich da eine unbedachte, faszinierende Welt getränkt in Ewigkeit.

„WANATU!!", gellte die Stimme plötzlich wieder.

VIII

Tik – tak – tik – tak pochte es trocken aus dem Hintergrund, unaufhörlich gegen Wanatus Schädel, ein mechanisch bronzener Wecker, dessen vibrierende Stimmgabel verschart in einer Schublade, sich unermüdlich verlautbarte, als Wanatu die Augen zusammenkniff, mit Fingerkuppen seinen Gehörgang verschloss – jauchzte: „Gegen dich bin ich machtlos, Sukkubus! In deinen Fängen finde ich keinen Frieden. Zeit! Zeit! Was bist du? Was ist es, das dir Form gibt, was, das ich dein Sklave bin, was, dass der Ernst mir mein Antlitz zerschürft?"

Tik – tak – tik – tak wurde ihm nur geantwortet *Tik – tak* ins Stille, ins kümmerliche Zimmerchen.

„Dieses Gehämmere, es schleicht so vor mir her. Nie kommt es zur Ruhe, nie gerät es ins Stocken, als wäre es vollkommen, etwas Absolutes! Entsage dich meiner und fleuch dich zum Hades, deine Existenz schenkt mir einzig Kummer und Tränen", klagte er, klagte und raufte sich das Haar.

Bemalte Blätter verstreuten sich über dem Schreibtisch, über dem Fußboden, wirr im gesamten Raum. Obendrein erkannte man zwei Wandabschnitte, die vollständig bedeckt waren mit Zeichnungen – glühend brodelten sie durch jede Faser der Tapete, ächzten, brüllten, um endlich ins Freie zu gelangen.

An einer Wand warfen sechs zottelige Hundewesen ihre kralligen Vorderpfoten aufwärts, die seitlich stehend ihre schwarzen, gezackten Mäuler zur Schau stellten. In ihrer Mitte türmte ein großer Baum, und jeweils zu dritt standen sie links und rechts, sich teils überlappend, die Schwänze hoch aufgerichtet. Auf der linken Seite war der Vorderste von kleinster Statur, überragt vom Zweiten und Dritten, und auf der Rechten umgekehrt, sodass sich horizontal ein Kreis in die Tiefe andeutete, aufgrund ihrer verschieden langen Klauen, die unterschiedlich nah zum Baum langten. Zudem ging eine niederfrequente Welle durch den Kreis, bedingt durch die Höhenlage ihrer Pranken. Es entstand ein wallender Zirkel, der dirigiert von Hundewesen, sich um einen kräftigen Stamm schlang. Im Kronenwerk des Baumes verbargen sich allerlei Früchte, die zusätzlich Bewegung erzeugten, mit so viel Eifer, mit so viel Druck führte Wanatu das Werkzeug. Ein-köpfig, zwei-köpfig, drei-köpfig glubschte jedes Hundewesen zur Decke, wo grünes Efeu sich schwungvoll zu blättrigen Zweigen verjüngte. Gelb peitschten Luftwirbel, rot sprossen Funken, und lila sprießten Pilze, deren Pollen sich golden versprühten, während lachende Menschen und weinende Menschen, sich an der anderen Wand um einem rissigen Baumstamm versammelten, um sich dort von robusten Ästen kopfüber herabhängen zu lassen. Manche verschwommen zu Geistern, zu Flächen die frei von Strichen, einsam nach Verbundenheit riefen, und sich fesselnd, sich genial gebaren – ganz fein, an ganz bewussten Stellen platziert, wirkten die blassen Flecken wie Fremdkörper und waren doch ausfüllend ein Teil dessen, was Wanatu erschuf, was an sprudelndem Eifer sich aus ihm ergoss.

„Wanatu ... WANATU! Kommst du jetzt herunter?! WAS SCHLIEßT DU DICH IN DEIN ZIMMER EIN!? Jetzt beweg` dich gefälligst!!!", schoss es nach oben, wackelnd gegen die Türe – schäumende Wut die bereits unter den Türspalt kroch, sich anbiederte, um schließlich in seine aberzähligen, unbewachten Poren zu kriechen, dass Wanatu plötzlich ringend nach Luft schnappte, und endlich ermattet in die Knie sank, die Hände ruhend in einer Pfütze seines Schweißes, worin unmittelbar dicke Tränen nieder plumpsten.

„Wie konnte ich sie nur vergessen, meine Vergangenheit? So hat sie mich also wieder eingeholt."

Vor ihm lag das unter Glasscherben begrabene Bild, welches ihm aus den Händen fiel, lange bevor er zu Boden ging.

„Und jetzt weiß ich auch, wer du bist. Mein Bruder bist du, derjenige der damals die Zeit mit mir teilte, der die gleichen Qualen erduldete. Auch du bist es, dem ich verdanke. Du kümmertest dich um mich, als die Schranken sich schlossen, meine Augen nur noch den Tod betrachteten. Du führtest mich hinaus. Ja, ich erinnere mich, du zeigtest mir die Türe, jene die nach Ischtar führte, wo ich endlich Balsam empfing, bloß um wieder hierhin zurück zu kehren, hier an diesen schweren Ort", sagte Wanatu zum halbmenschlichen Wesen, das nach und nach hervor trat, eindringend in das Silberne, da der Mond letztlich seinen Weg zu ihnen fand, dass Wanatu nun verwundert zu seinem erhellten Bruder blickte. Die Schuppen waren nahezu verschwunden und den Echsenschwanz hatte er gänzlich verloren. Er lächelte zu Wanatu und wurde plötzlich im nächsten Augenblick traurig.

„Und nun zeige ich dir die andere Türe, die ebenfalls aus unserem Wohnhaus führt. Ich glaube du weißt bereits, wo du ankommen wirst, wenn du sie durchschreitest. Es ist deine

Entscheidung. Kannst denn du mittlerweile Entscheidungen fällen? Kennst du den Weg den dein Herz gehen will? Durch welche der beiden Türen willst du gehen? Willst du wieder zurück nach Ischtar, oder zieht es dich zur Anderen?"

„Werde ich die Stricke lösen können, die mich an meine Vergangenheit binden, werde ich überhaupt in der Lage sein, mich von den Dingen zu lösen, die unnötig, die Ballast sind? Kann ich so stark werden, dass ich lerne mich von fremden Gegenständen zu hüten, sie fortzuweisen, dass sie keinen Aufenthalt in mir finden. Ach, es klingt so fern, so unerreichbar, auch in Ischtar wrang mich das Gewicht zu Boden, dort wo ich mich als Teil von dem Ganzen verstand, als Bürger Ischtars, umgeben von Freunden. Auch dort nährte sich die Dunkelheit von mir, spielte sich ein Film ab, der sich tagtäglich wiederholte. Ich war glücklich ... nein, befüllt war ich, und bin es immer noch mit kunterbunten, wirbelndem Teer. Dahinter verbirgt sich etwas, eine Rüstung so dünn und so elastisch wie Lotus, all das Schlechte abweisend, welches tonnenweise umherschwirrt."

Nachdem er seine Gedanken gefasst hatte, antwortete Wanatu seinem Bruder:„ Nach Yagoba werde ich gehen, dass ich dort leide!"

IX

An einem kühlen Mittnovembertag ritten Ayasha, der Meister, Baguyo und Dabu durch die Tundra. Kein Baum fand man weit und breit, nur das metallische Klacken der Pferdehufen, die auf den frostigen Boden knallten. Moos rissen sie aus der Erde, Geflecht, und die Sträucher die sich hier und da mal ihnen in den Weg stellten – sie zertrampelten sie unbeeindruckt, schnaufend mit den Nüstern, um schließlich in den Galopp zu wechseln, denn die Nacht brach schneller herein, als sie alle angenommen hatten.

X

„Ritsch – Ratsch" – „Klick, Klick – Klack, Klack" – und viele, tausende anderer Geräusche ergossen sich über Wanatu, als sein Bruder ihn zum Fenster wies und er anschließend über eine hölzerne Vorrichtung hinab gelassen wurde, welche sich direkt an die Fensterbrüstung lehnte. Betrieben mithilfe unzähliger Zahnräder, die sich drumherum verteilten, stand Wanatu auf einem sechseckigen, massiven Brett, aus dem ein sechseckiger Stab senkrecht bis zu seiner Hüfte ragte, auf dem ein sechseckiger Knauf gipfelte. Mit gespreizten Beinen stand Wanatu davor und hielt sich daran fest, die Wirbelsäule kerzengerade, den Blick nach unten gerichtet.

Die Szenerie umgab ein grauer, bedrückender Schleier, kein Lichtstrahl der diese Einöde dort unten besuchen wollte, nur unkenntliche, deformierte Gestalten, die sich schnell in Schlupfwinkel verdrückten, verschluckt von den gedrungenen Häusern, den flackernden Laternen, welche sehr lange Puffer boten, in denen sie im Finstren immer wieder davon schlichen. Wanatu winkte ihnen zu, da war er auf halber Höhe.

In der Ferne konnte er ein größeres, kantiges Gebäude ausmachen. Wie ein Verwaltungsgebäude sah es aus, rings darum schwarze, verkohlte Bäume, nicht ein Blatt das sie zierte, doch waren darauf Lampen befestigt, die so hell leuchteten, dass trotz der Distanz Wanatus Augen schmerzten, er sich die Hand schützend vors Gesicht hielt, dem Grellen, dem zu Viel zuwider.

Ein Ballon durchstach alsdann das Grau, der rötlich gefärbt über den Dächern dahin schwebte.

Wanatu sah noch die Spitze des Ballons, der hinter dem Bürogebäude verschwand, als schließlich der Asphalt sein Transportmittel aufhielt, die Einwohner wieder die Straßen bevölkerten, sich zu Gruppen zusammenfindend. Er grüßte wieder, ohne eine Erwiderung zu erhalten.

Nur einer schenkte ihm eine Reaktion, ein buckeliges Menschlein das mit Warzen übersät, plötzlich zu Wanatus rechter Seite stand, seine Hand sofort ergriff und fest zudrückte.

„Was machst du hier? Du scheinst anders zu sein. Schau mich an, vor fünf Jahren bin ich da aus dem Fenster gefallen, zu einer Zeit wo ich noch aufrecht ging, menschliche Züge besaß. Der Aufenthalt hier hat mich nach und nach zermartert, die Kälte die zwischen den Einwohnern herrscht – ihren Unrat kehren sie nicht weg, der stinkt, die Schleimhäute verätzt.

Keine Nasenscheidewand besitze ich mehr, kein volles Haar mehr, das rupften sie mir aus. Eine Halbglatze ließen sie zurück, dass ich noch entstellter wirke, da viele von ihnen vollglatzig sind.

Wie ich aus dem Fenster gefallen bin, fragst du? An jenem fürchterlichen Tag trank ich Unmengen Alkohol, ich badete regelrecht darin, kippte mir Kübel reinsten Sake in den Rachen, Bier, Wein – kotzte, nahm mir Huren, verscherbelte mein Geld für Glücksspiel, bis mir schließlich schwarz vor Augen wurde, und ich letztlich bemerkte, dass mich jemand aus einem Fenster stieß, dasjenige von dem du gerade herunter gelassen wurdest.

Was erzählst du, dahinter befindet sich nicht Balea? In einer Hütte am Meer hauste ich, nicht unweit von meiner verschlafenen Heimatstadt.

Ischtar sagst du! Wahrlich, ich muss viel zu viel getrunken haben! Warum musste ich auch derart übertreiben? Die Fingernägel habe ich mir auch weggekaut, die Fußnägel auch, deswegen auch mein Buckel.

Rede ich zu viel? Tut mir leid, sonst hört mir ja keiner zu. Hier sind alle mit sich selbst beschäftigt, und wenn sie mal zusammen kommen, fährt ein zwiebliger Dampf aus ihren Poren, dass ich schnell das Weite suche.

Was ist nur aus mir geworden? Wo bin ich hier bloß gelandet? Kein Freund in Sicht, aber genügend Feinde. Ich versuchte mich anzupassen, und bin kläglich gescheitert.

Mir ist das Innere nach außen gedrungen. Wie Geier haben sie sich dann auf mich gestürzt. Weisst du, dass ich auf einem Auge blind bin?" ... ...

XI

Mahmud saß in einer abgelegenen Baracke, schlürfte gemütlich eine Tasse Brennessel-Tee und betrachtete den warmen Glanz der flimmernden Kerze vor ihm, die einen verführerischen Bauchtanz vollführte. Draußen schwappte das Meer schäumend ans Ufer, woraus kleine, knuffige Krabben sich hinaus stibitzten. Gelegentlich klopfte eine Krabbe gegen die mürbe Türe, da sie fleißig mit ihren Scheren schnippten, manchmal in einem langsamen, melodischen Takt.

Dann, Mahmud war für einen Moment entschlummert, weckte ihn die Türe: *„Klopf, Klopf – Klopf, Klopf"*, flüsterte sie ihm zu, dass er freudig zu ihr eilte. Doch öffnete sie sich von selbst, und hereingesprungen kam seine Enkelin Ayasha, die ihn fest umarmte, sich an seinen heiteren Bauch drückte, lachend, denn seit einer Ewigkeit hatten sich die Beiden nicht mehr gesehen.

„Die Reise hat länger gedauert als wir vermuteten, Rücksicht nahmen wir auf unseren Meister. Aber jetzt sind wir hier!", strahlte sie.

„Gut siehst du aus Großvater, kaum gealtert, fast würde ich meinen, du bist jünger geworden."

„Und deine Augen strahlen voller Frohmut, du bist nun wahrlich erwachsen. Deinen Weg bist du gegangen und begehst ihn immer noch", antwortete er vergnügt.

„Oft hätte ich gewünscht dich zu fragen, gerade dann als ich alleine war, doch warst du da in Yagoba, als ich nicht mehr weiter wusste."

Sie erzählten sich noch vieles im Beisein Dabus, Baguyos und des schläfrigen Meisters, nur über die Zeit verloren sie kein Wort mehr.

Nach drei Tagen trennten sich die Beiden wieder, ohne jegliche Trauer zu verspüren, nahezu müde waren sie, so viel geredet zu haben, obgleich sich ihre Worte in Maßen hielten, sie nach und nach immer weniger sprachen – kein Aufbegehren war da mehr, das sich hervor brachte, keine Erschütterung, die sich ins Leere auflöste.

Ayasha öffnete die Tür, ihre Gefährten hatten bereits Platz auf ihren Reittieren genommen. Der Meister hing müde in seinem Sattel, doch balancierte ihn sein Pferd so geschickt, kein Sturm hätte es zu Boden geworfen, kein Pfad wäre ihm ein Hindernis geworden, nur langsam wollte es voran schreiten, mehr wollte das Reittier nicht.

XII

„… also auf einem Auge blind, aber nicht ganz, denn was ich auf besagtem Auge sehe ist keine Dunkelheit, sondern bizarre Geschöpfe mit ulkigen Stimmen, dass ich desöfteren an meinem Verstand zweifel, am Verstand überhaupt, und ob dieser eigentlich funktionieren kann. Ich will ja gar niemanden behelligen, ergo beiss ich energisch auf die Zähne, press die Augen zusammen, sowie meine Pobacken und konzentriere mich derart stark, dass ich den leisen Verdacht hege, mir seien bereits mehrere Äderchen im Gehirn geplatzt. Was soll das auch? Warum kann ich nicht entscheiden, worüber ich nachdenken will? Warum bleibt mir alles im Darm stecken? Alles ist verstopft, alles! Kein Bröckelchen will da hinaus gleiten, egal wie brutal ich drücke, dass mir die Eingeweide beinahe reißen.

Wenn ich dir`s sage, es kommen Momente in denen ich glaube, ja jetzt kann ich mich von dem braunen Wurm befreien, jetzt bin ich bereit dazu, hinaus quetschen werde ich ihn, schreiend, stöhnend wie eine gebärende, bebende Kuh, die ununterbrochen am kreischen ist, weil ihr Kehlkopf blutet, ihr After – diese Schmerzen, dieses Ding in meinem Darm! Doch irgendwann hat sie es geschafft, irgendwann ist sie erlöst, endlich um Zentner erleichtert, welch Wonne! Nur bei mir will sich nichts tun, mein Kind verwest in meinen Innereien.

So helf` mir doch! Guck` dir meinen aufgeblähten Bauch an! Sprich deine Zauberformel! Du bist doch Arzt, aus freien Stücken bist du hier herab gestiegen! Erbarme dich meiner, sei meine Hebamme, für dich mach` ich mich nackig!"

Wanatu wandte seinen Blick ab, nach oben, nur weg aus der Anstrengung, dem Modernden, das vor ihm wirbelnd, ihn versuchte zu ergreifen.

„Das darf doch nicht wahr sein!", dachte Wanatu ausschließlich.

„Nach oben sollst du schauen! Wie lange starrst du schon in dieselbe Richtung! ... nach innen!"

„Nimm mich bücklings, öffne mir den Hinterausgang, die verdreckte, barbarische Pforte, du kannst es, du schaffst es! Bestimmt wird dann alles wieder besser, verklärter, du geiler, hüpfender Bock du, mein Held, mein Hero, mein -- "

XIII

„Ist der Proviant ausreichend?", besprachen sich Baguyo und Dabu, nachdem Letzterer aus der Tür eines Lebensmittelhändlers trat.

„Haben wir. Woanders fand ich noch Honig", erwähnte Baguyo grinsend, an dessen Mundwinkeln noch Reste seines Einkaufs zu finden waren.

„Bloß nicht zu viel von dem Süßkram ihr Buben, und auch keine Drogen, das zerschießt eure Eingeweide, das macht euch das Leben schwer, dass ihr nimmer euch eurer Notdurft entledigen könnt!", mischte sich eine dritte Person in ihre Unterhaltung ein, ein kleines Männlein das sich auf einen Krückstock lehnte. Dabu und Baguyo guckten sich verdutzt an. Ein Kukuck landete auf einer Birke und zirpte beständig:„ *Gu-kuh! Gu-kuh!"*

„Dass ihr mir auf eure Gesundheit achtet! Ihr Beiden wisst ja gar nicht, wie ich damals aussah, überall Warzen, und der Magen war mir schier am zerbersten."

Das Männlein kratzte sich am Kopf und myriaden weißer Schuppen stäubten aus seinem dünnen, ergrauten Haar. Dabu wollte gerade etwas sagen, etwas zu ihrer Verteidigung hervor bringen, dem Menschen vor ihm in seinen Korb sehen lassen, doch kam dieser ihm zuvor und fing an wild zu gestikulieren, wie ein Diktator der sich just aufs Podium stellt, die Hände zu Fäusten geballt und theatralisch ins Weite blickend.

„Verloren war ich, ein Monstrum, dem Erscheinen nach eine Kröte, aufgedunsen, ewiglich am flatulieren, nur heiße, dampfende Luft, keine Bröckelchen nach denen ich mich so sehr sehnte, nach denen jeder Nerv meines Darmes lechzte!"

Er blickte zu Boden und drückte sich eine Träne aus dem Auge. Dabei spannte das Männlein all seine Gesichtsmuskeln an, rümpfte die Nase ... mehr als eine Träne wollte ihm nicht gelingen.

„Es gab nur Zucker an diesem elendigen Ort, nur Fett, zum Trinken und zum Essen!"

Dann riss er seine Arme in die Lüfte und rannte zu Baguyo und Dabu, die jetzt erschreckt einander ansahen. Zum Ausweichen war es zu spät, er packte die Beiden, wickelte auch seine Beine um sie herum und säuberte schließlich mit seinen kleinen Finger die Mundwinkel Baguyos, dass auch er etwas von dem Honig naschen konnte. Dabu und Baguyo waren sichtlich angewidert, das Männlein roch zudem nach Sauerkrautsaft, nur wollten sie noch warten, bis sie sich aus seinen Fängen befreiten, noch hegten sie die Hoffnung, er lasse von alleine ab, und bemerkten erst jetzt wie stark das Männlein war. Es quetschte die Beiden nah an sich, damit sich ihre Backen berührten.

„Das schmeckt unglaublich! In meinem Gaumen regt sich ein Feuerwerk!", schrie es.

„Her mit eurem Süßkram, sonst knutsch` ich euch alle Beide von oben bis unten ab – das wird sicherlich hocherotisch!"

Darauf sagte er permanent:„e – roddisch", und schlabberte mit den Lippen. Speicheltröpfchen flogen unterdessen umher, als Baguyo mit verzogener Miene in die Tasche griff, um dem Alten seinen Honig zu geben.

„Lass stecken!", sprach dieser nur, „nur einer vermochte bisweilen mich in meine Schranken zu weisen. Aus Yagoba hat er mich geführt."

Baguyo und Dabu schrien beide auf, denn sie entdeckten die pulsierende Erektion des Alten, die zwischen ihnen sie nickend anstarrte.

„Nur hat mich der Aufenthalt dort sehr geprägt, zum Negativen wie ich fast meine. Jene Person sagte einst zu mir, und dabei blieb sie so ruhig und gefasst, dass mir bang wurde, die Person sagte zu mir:

XIV

„Ich mag dich nicht …", flüsterte Wanatu.

-Schwere die in ihm aufstieg–

„Was ist das für ein komisches Gefühl? Was plappert dieser Mensch so viel? Ist er denn ein Mensch? Mehr wie ein Goblin sieht er aus, einer von der schöneren Sorte mit langen, krummen Fingernägel.

Was glotzt er mich denn so blöd an. Die Dummheit steht ihm doch ins Gesicht geschrieben, der verstohlene Blick, das falsche Minenspiel. Mir widerstrebt`s mich mit ihm einzulassen."

Von irgendwo erschallten Gewehrschüsse, ein Begehren das nach einem Ausdruck suchte:„Am liebsten wäre ich woanders!"

Mit einer Axt fällte Wanatu Bäume, dass sich der Wald lichtete. Er schwitzte, weil er nicht in seinem gewohnten Ischtar war, weil er sich anstrengte ... das ist normal.

„Verpiss dich du elendiger Schwanzlurch!"

„Was ist das für ein eigenartiges Gefühl?"

„Mach dich woanders krumm du Stricher!"

„Was schauen mich denn alle jetzt so perplex an?"

Dann schlug Wanatu seinem Gegenüber hart in den Bauch, einmal, zweimal, dreimal, dass eine braune Soße aus dessen Hintern schoss. Nach jedem Schlag stöhnte das Männlein schmerzhaft auf und gleichzeitig in höchster Ekstase. Schließlich stützte es sich auf seinen Knien ab und ließ wie ein Wasserhahn seinen Darm sich entleeren. Der gebärende Mann schloss seine Augen, um zu genießen und bemerkte dabei nicht, dass Wanatu sich von ihm entfernte, die Nase zuhaltend, im Nu verschluckt von der Menschenmasse, die sich dort mittlerweile versammelt hatte. Zwischenzeitlich dachte der Mann er könnte fliegen, so stark sprudelte der Strahl aus seinem Ende – in der Lage war er, den nun jauchzende Mann für wenige Sekunden in der Luft zu halten, dazu musste der Mann nur nach seinen Zehenspitzen greifen.

Wanatu konnte von seiner Bekanntschaft nichts mehr ausfindig machen, nicht mal den Geruch, geschweige denn die Richtung, schon strömte eine Masse an Menschen wieder an ihm vorbei, die ihn gänzlich umschloss.

„Vorhin war alles so überschaubar, und jetzt wo ich mich auch hier unten befinde, weiß ich plötzlich nicht mehr wo links noch rechts ist, von woher ich überhaupt gekommen bin, den Standort des Fensters, den Weg dorthin zurück!", dachte Wanatu und wurde kontinuierlich von Schultern angerempelt, mal zaghaft, mal rüde.

Aus Lautsprechern erschollen derweil rauchige Organe, welche Nachrichten verkündeten, denen nur nebenbei zugehört wurde, da die Meisten bereits genügend informiert waren – Uhren trugen sie, die verschmolzen mit ihren Armen, Hologramme projizierten. Andere wiederum trugen verdunkelte Brillen und fuchtelten albern durch die Luft.

„Ihre Gesichter sind vollkommen anders, kein Vergleich zu denen die ich zuvor sah, als wären sie aus festem Plastik, glatt, starr, und glänzend. Sie wirken unheimlich, ohne wirkliche Emotionen die sich darauf widerspiegeln, mit diesem ständigen Grinsen, diesen übertrieben wachen, abwehrenden Augen", stellte Wanatu fest, der mittlerweile seine Brust nach vorn stemmte und seine beiden Hände seitlich auf die Beckenknochen platzierte, dass seine Ellenbogen spitz und bedrohlich nach Streit suchten – zertrümmern wollten sie: fremde Schultern, indem sie schnell und präzise gegen die Leber prallten, und dadurch das feindliche Objekt ruckartig zu Boden schlugen. Die Betroffenen erwiderten gar nichts, als sie in Wanatus glühende Augen blickten, sie verdrückten sich beschämt ohne ihren Unmut zu äußern, ihre aufstauenden Wallungen, die sie unverblühmt in sich hinein fraßen.

„Jetzt verstehe ich", dachte Wanatu.

Die zu Boden gestürzten, feindlichen Objekte suchten schnell Zuflucht in ihren Gerätschaften. Wanatu konnte mitunter beobachten, wie eines versuchte unbehelligt eine Tablette zu konsumieren. Gleich wurde der Blick ruhiger, aber auch dumpfer, so als wäre es halb ohnmächtig.

Er fand einen erhöhten Punkt, um die pulsierende, mauschelnde Masse zu übersehen.

Jemand anderes hatte wohl den gleichen Gedanken. Nackt lief er durch die Menge und in ihrer Mitte erstarrte er für einige Minuten. Wanatu erkannte den alten Mann von vorhin in ihm, der nun ungeniert seine Pobacken spreizte.

„Seht ihr das ihr Träumer?! Das nenne ich einen Stuhlgang!

Gerade eben war er noch flüssig wie Wasser und jetzt ist er fest und geschmeidig! Ich lebe! Mein Körper funktioniert, so wie er funktionieren soll!"
Dann hüpfte er weiter und man konnte ihm nicht abstreiten, dass er sich durchaus grazil fortbewegte.

„Schluss damit, Schluss damit, Schluss damit!!!"

„Womit?", fragte der alte Mann, der auf einmal, entschlüpft aus der Menge, hinter Wanatu stand. Während dessen bildete sich ein Zelt klitzekleiner Drohnen über dem Brodem und ließ sich unbemerkt nieder. In Form kleiner Fliegen schwirrten sie zwischen den Gliedern der Leute umher, mit Facettenlinsen die jede Bewegung des stampfenden, menschlichen Leibes archivierten.

Wanatu hatte schon wieder vergessen, was er vorhin sagte, denn von beiden Seiten strömten jetzt Fußgänger an ihm vorbei, und waren im Nu auch wieder verschwunden, einkehrend in die umliegenden Geschäfte, die nun derart prall gefüllt waren, dass Manche an den Schaufenstern klebten, von den unzähligen Kunden dagegen gedrückt.

„Welch ein Anblick!", sprach alsdann der alte Mann, „diese Froschlippen, diese breit gequetschten, erröteten Backen. Ich entdecke keinen großen unterschied zu meinem Hinterteil", lachte er und hüpfte wieder davon, indessen er eine Drohne mit seinem Gesäß zermalmte, die versuchten in seine Eingeweide zu kriechen.

„Ach übrigens, du solltest hier baldigst verschwinden, es könnte sonst ungemütlich für dich werden", gab er Wanatu noch den Ratschlag und war dann auch weg. Anbei sei bemerkt, dass auf allen Geschäften die Aufschrift:"Tankstation", zu finden war.

Da stand Wanatu nun, mutterseelenallein zwischen den auftürmenden, bedrängten Kaufhallen, wie leergefegt war die Straße. Erst jetzt bemerkte Wanatu die Muster.

Vom Untergrund leuchteten sie hinauf aus aberzähligen Solarzellen, überwiegend Pfeile die sicherlich irgendwelche Direktionen bekanntgaben. Im nächsten Moment versammelten sich die Leuchtkörper zu den Bänken, die umgeben vom grauen Asphalt, jäh erstrahlten, dass es in den Zwischenräumen unversehens stockfinster wurde. Sogleich fing sein Herz an zu klopfen, hart schlug es gegen seine Rippen, fliehen wollte es aus Wanatus` Brust.

„Poch … poch … poch … … … … Lass mich raus!!!"

Ein Stechen das durch seinen Solar Plexus fuhr. Wenige Sekunden später ein heftiger Schlag gegen seine Niere, ausgeführt von einem Baseballschläger.

Wanatu rannte um sein Leben, zur nächsten Bank, zum Licht, nachdem er zunächst humpelte, weil er nach Luft schnappen musste. Dann sah er das gleichförmige, fadenscheinige Gesicht, welches versuchte ihn zu malträtieren, vage, da es Halt machte am Lichtkegel, im Kreis darum wandernd, den Knüppel über den Boden zerrend. Hier und da sah Wanatu fiebernde, bohrende Augen aus dem Schatten aufblitzen, die vom Wahn heimgesucht wurden.

Wanatu stellte sich gar keine Fragen mehr, was ihn zunächst selbst verwunderte, doch hatte er jüngst einen Punkt erreicht, wo ihm das Meiste egal war. Er kam mit sich selbst überein, dass die Gepflogenheiten hier nun einmal so sind, wie sollten sie auch anders sein bei solch unfreundlichen Gemütern.

„Verrückt müssen sie alle sein, verrückt! Nicht mal in ihrer Freundlichkeit wirken sie mehr freundlich! Diese arme, falsche Stadt!", sprach Wanatu laut aus, ohne es gewollt zu haben.

„Yo, was laberscht du so geschwollen, du mieser Gaykopf! Ich schlag dir deine Perücke vom Hirn!!!", schrie die Gestalt.

Schließlich haute sie so oft mit ihrer Waffe auf den Boden, dass diese endlich entzwei brach und die Gestalt lediglich den Stiel in den Händen hielt.

„Was willst du, hä?! Ich ficke dich auch mit dem Stock hier, zur Not auch mit den Fäusten, du elende Pussy, du Bareknuckle-Opfer ... du schwuler Bettler, nicht mal Geld zum Tanken hast du, und Geld ist Lifestyle!!"

„So, so", erwiderte Wanatu, nahm sich das vorhin weggebrochene Holz und trat zur Grenze des Lichtkegels.

„Du kennst die Gesetze!", zischte sein Gegenüber, „du kannst mich nicht töten ... du darfst es nicht!!"

Nun konnte Wanatu die Gestalt besser erkennen. Sie trug Sandalen auf denen „trendig" mit Filzschrift geschrieben stand, darin dicke, klumpige Füße die sie in Tennissocken stopfte, gefolgt von dürren, knochigen Beinen, welche zitterten, weil sie den schweren, fetten Bauch über sich kaum halten konnten. Ihren Oberleib zwängte sie in ein enges T-Shirt, worauf eine unsympathische Rockband abgebildet war. Ihre Augen kochten förmlich vor Hass. Auf dem Schädel war kein Haar mehr zu finden, geschmückt mit einer niedrigen Stirn und einer Narbe. Gestützt wurde der Kopf von einem dünnem Hals, wo Wanatu später im Nackenbereich Skrofulose entdeckte und um den unnötigerweise zahlreiche, massive Goldketten hingen, die dick wie ein Daumen waren. Dazu zierte sie noch eine Zahnspange – dekoriert mit Diamanten, funkelte sie im Dunkeln. Die i-Tüpfelchen waren das gelb-schwarze Jakett und die Krawatte, die über den Ketten baumelte.

„Was ist jetzt du Mäckes! Na komm, gib`s mir hart, fiste mich doch mit deinem Prügel!", schimpfte es und dabei zuckten ständig die Augenbrauen. Den kümmerlichen Stiel schmiss das Ding dann auf Wanatu, welcher aber gedankenschnell reagierte und das bedrohliche Objekt in Manier eines Kampfkünstlers akrobatisch zu Seite trat. Darauf fielen weitere unflätige Wörter aus dem Munde des Dings,

Ausdrücke wie:„ transsexueller Barbar!", oder „kommunistischer Kapitalist!", und so weiter, und es sich schließlich unglücklich auf die Zunge biss.

Wanatu schüttelte sich vor Ekel, als die Ausdünstungen der Gestalt allmählich nach oben stiegen, die Fäulnis die aus ihrem Mund blies. Wanatu dachte lange nach, indessen das Ding sich wieder außerhalb des Lichtradius` bewegte.

„Geh zurück wo du hergekommen bist, du dicklippige Mamacita! Du kannst mir ja doch nichts antun. Über allem steht das Gesetz, oder möchtest du, dass man dich deiner Freiheit beraubt!"

„Nichts anderes machst du doch im Moment, giftige Schlange!", pochte es in Wanatu. Jedes seiner Atome verlangte danach dem Unding vor ihm ein Ende zu bereiten, der Annomalie, der Konzentration an Scheußlichkeit, die sich vor ihm aufplusterte.

Anschließend warf sich das Geschöpf zu Boden und entblößte seine fettige, eitrige Brust:„ O vergib mir, bitte vergib mir!", brüllte es, die irren, hin-und her huschenden Augen nach oben werfend, zum Himmel wo gerade die Sonne unterging.

„Ich habe – ! Ich – ich ...", endete es abrupt, weil Wanatu den zerbrochenen Baseballschläger in dessen Maul steckte, um weit genug ausholen zu können, dass seine Fingerknöchel mit genügend Wucht auf die pulsierende Schläfe des Dings krachten. Ihre regsame, wulstige Ader zerplatzte dabei, und das Unding schlug blutend und leblos auf den Asphalt.

„In den Abguss mit dir, du gehörst totgeschlagen!", sagte Wanatu noch, und sank sogleich ermattet in die Bank, während eine Lache voll Blut sich um seine Füße staute.

„Das war herrlich ...", flüsterte es in ihm, für einen Moment seine strapazierten Nerven entlastend.

„Jetzt ist es tot ...“

Wanatu schlug die Hände vors Gesicht.

„Jetzt ist er tot ..."

Und die Bank, die vorhin noch so grell leuchtete, dämmerte nun wie der Himmel in einer rötlichen, gedämpften Farbe. Kurz darauf erklangen Geräusche, als lockerten sich langsam rostige Schrauben.

Die Bank begann sich langsam zu drehen, betrieben von einem elektrischen Mechanismus, worum sich eine zylindrische Glaskuppe wölbte. Aus den Armlehnen der Bank schossen sodann Gurte hervor, die Wanatu fixierten, und im nächsten Augenblick stießen zwei hervor brechende Metallarme den Behälter knallend in ein unterirdisches System.

Rasend schnell glitt der Zylinder durch Plexiglas-Röhren.

„Ihre Mühe ist vergebens, die Gurte sind aus Teflon gefertigt", informierte ihn plötzlich eine blecherne Stimme, die aus einem rostigen Monitor genau über ihm ertönte. Auf dem Bildschirm glotzte Wanatu eine pixelige, monotone Fratze an, die immer lächelte aus ihren schwarzen, zusammengesetzten Kästchen.

Aus der unteren Leiste kurbelte sich dann ein Teleskopstock, womit der Monitor sich an einen Rasenmäher andockte – bestückt mit Magneten, ermöglichte er dem Monitor, unbesorgt Kreise um Wanatu zu drehen. Den finstren Glaszylinder erhellte nur die breite, rechteckige Fläche des Bildschirms, seicht, und mit einem unheimlichen, leblosen Gesicht.

„Haben sie keine Angst, ich bin Doktor a. D. Als Koryphäe gelte ich in unserem hübschen, beschaulichen Städtchen und bin mit Sonderrechten ausgestattet. Und heute habe ich mir ein besonders reizendes Exemplar ergattert. Sie kommen nicht von hier, deswegen kläre ich sie auf." Dabei änderte sich schlagartig das Gesicht des Monitors, in ein hoch aufgelöstes, gestochen scharfes Bild einer wunderschönen, halbnackten Frau, die sich obszön zu rekeln begann und nach und nach ihre restlichen, knappen Kleidungsstücke ablegte.

„Über das Subjekt, welches sie vorhin sich entledigten, müssen sie sich die allerwenigsten Sorgen bereiten", redete der Monitor zunächst.

Die entblößte Frau spielte nun mit ihren Genitalien.

„Es pocht in ihrem Schädel. Töten wollen sie, Gewalt ausüben, dass sie endlich bestrafen können, denjenigen der ihre Nerven so strapazierte; sie schmerzen, sie tun weh, fürchterliche Cephalgien plagen sie, nur wegen dieser Person, nur weil sie so degeneriert war. Ach, sie Armer, natürlich sind sie im Recht, lynchen sollte man diese Unmenschen, verdient hätten sie es. Ja, ihr Mitleid erregendes Hirn, das sich unermüdlich ausdehnt. Wer würde ihnen Vorwürfe machen, jeder gesunde Mensch wäre kurz vorm Zerbersten. Doch was dann, wenn ihr Feind halb zu Brei geschlagen auf dem Boden liegt? Sie wissen, was sie dann erwartet. Handschellen werden ihnen eng um die Gelenke gelegt, abgeführt werden sie – sie werden letztendlich der Bestrafte sein! Keiner wird sie wirklich verstehen wollen, niemand wird es interessieren, dass sie schlichtweg einen Vollidioten verprügelt haben. Eine Nummer werden sie sein, die kaltblütig abgearbeitet wird wie billige Ware am Fließband. Nun ja, zumindest wenn sie Pech haben, oder sie sich dumm anstellen, aber berücksichtigen sie vor allem die Energie, die sie aufwenden müssen nach einem Kurzschlussakt. Gesetze sind im Eigentlichen nicht für die Gesunden gedacht, in aller Erster Linie schützen sie die Kranken, die Verderblichen, dass diese, unter dem Dach Justizias, nicht permanent schallende Backpfeifen kassieren müssen. Also können sie nur unglücklich werden; sie dürfen ihre gerechtfertigte Wut nicht lindern, in sich hinein fressen müssen sie sie."

Jetzt spreizte die Frau ihre Beine und leckte sich mit ihrer Zunge über die prallen, roten Lippen. Wanatu wollte schon gar nicht mehr hinsehen, aber aus der Rückenlehne der Bank sprangen wieder zwei Greifarme empor, die seinen Nacken festhielten und seine geschlossenen Augenlider gewaltsam öffneten.

„Sie trauen sich übrigens auch nur raus, wenn sie von keinem gesehen werden. Außerdem haben wir extra Kategorien angefertigt."

„Was für Kategorien?!", presste Wanatu hinaus in der Hoffnung, etwas an seiner misslichen Lage zu ändern. Und siehe da, plötzlich wechselte der Monitor zu seinem ursprünglichen, verpixelten Gesicht, nur das es jetzt mit weit geöffneten Mund starr lachte. Und sogleich schnellten die rabiaten Arme zurück.

„Exzellente Frage, wie zu erwarten von jemanden, der sich in einer Kategorie befindet, die über dem Durchschnitt liegt, sehr scharfsinnig, jaja, nahezu genial, ohne diesen stumpfsinnigen, verblödeten Blick! Indessen möchte ich mich vorstellen. Meine Wenigkeit wird Dr. Medium genannt. Mein Verstand wurde aus fünf hoch veranlagten Individuen gespeist, jedes mit einem IQ von ..."

„1000 vielleicht?", platzte es aus Wanatu, dessen Arme juckten, weil sie allergisch auf das Teflon reagierten, und er dachte, der Monitor hätte eine Antwort von ihm erwartet.

Der Monitor ignorierte einfach Wanatus Frage.

„... 135, einen IQ von sage und schreibe 135! Aus solchen fünf Hirnen bin ich entstanden."

Danach war es für ca. fünfzehn Sekunden still, bis aus den winzigen Lautsprechern des Monitors, woraus vorher die roboterhafte Stimme erklang, Wartezimmermusik abgespielt wurde ...

„Kategorie A, natürlich, was denn sonst! Den Mitgliedern dieser Gruppe wurde auch das Wahlrecht abgesprochen, wie auch, wenn man nicht einmal die Bedeutung des Wortes Demokratie kennt, nicht einmal den Satz des Pythagoras beherrscht! Egal, egal, meine Schaltkreise beginnen schon zu glühen, bald wird Schluss mit ihnen sein, bald, dass der Planet sich wieder erholt von dieser Pest!"

Ohne auch nur eine Reaktion von Wanatu abzuwarten, stülpte er ihm einen schweren, robusten Helm über den Kopf, an dem unzählige Kabel hingen.

„Ich sehe, ja, achso, hmm, so ist das also ... interessant, äußerst interessant", murmelte der Monitor.

„Was ist so interessant?", keuchte Wanatu, der versuchte sich zu befreien.

„Was soll schon so interessant sein?", stöhnte er nochmals auf, „WAS?!"

„Na was wohl? Und ich verbitte mir diesen Ton, sonst kann ich auch ganz andere Saiten aufziehen! Ich bestehe zwar aus elektronischen Schaltkreisen, entsprungen bin ich aber immer noch einem menschlichen Konzept."

Darauf bewegte sich von selbst ein abgerissenes, in der Ecke liegendes Kabel, aus dem blitzende Drähte hinaus schauten und verpassten Wanatu einen derart starken Stromstoß, dass er nicht einmal zu schreien wagte – vielleicht auch wegen des nun aufgestülpten Helms, der verbunden mit dem Monitor, Daten und Statistiken auf dessen Bildfläche generierte.

„Eventuell ... ich ohne Emotionen ... ein neuer Körper ... mehr Leistung, mehr Energie!", nuschelte das Gerät. Dann schien es wieder zu seinem vorherigen Gedankengang zurückzukehren, so wie seine Oberfläche nun rauschte und flackerte.

„Na, eben alles: ihr Verhalten in bestimmten Situationen, ich kann alles sehen, sehen was sie bereits durchlebt haben, das ist alles in einem besonderen Areal ihres Gehirns abgespeichert, ihre Reaktionen, die Mimik, die Gestik, der Pulsschlag, ob sie desweilen geschwitzt haben, und auch aus welchen Poren genau ... waren sie dabei sexuell erregt? Ihre Gedanken kann ich lesen! Aus der Fülle der Daten wird es mir ermöglicht ein genaues Bild von ihnen zu machen, eine Skizze zu erstellen, wie ich weiter vorgehe. Ich lerne, ohne auch nur ein Wort mit ihnen wechseln zu müssen; ich beobachte und analysiere."

„Lassen sie das „ysiere" weg, dann gelangen sie womöglich eher zur Wahrheit! In der T-T-T-a-a-a-a-ttt-t in ein-n-n-n-nnnemmm-m A-A-A-AAnalgang befinden sie sich!!!", quetsche Wanatu hinaus, vor allem das letzte Stück, welches unter höllischen Qualen ins Freie flutschte, indessen der Monitor das umher schwebende Kabel ausgiebig missbrauchte.

„Schweig!", brüllte er, wonach ein kurzes, kräftiges Rauschen ihn unterbrach, dass das funkensprühende Kabel zu Boden fiel.

„Deine Schaltkreise werden wohl von Kot angetrieben, sonst würdest du ja nicht in so komischen, miefenden Gängen hausen, du Auswurf einer Skythin!", hauchte Wanatu aus seinem blutendem Rachen und lachte am Ende dumpf, fiebernd, mit glasigen, apathisch Augen.

„Wieder dieses eigenartige Gefühl"

„Was hat das Ding denn davon, mich so ins Detail zu kennen? Wer sollte mich wohl besser kennen, als ich mich selbst? Dieses herzlose, erkaltete Gerät, soll es mich bloß mit seinem Unsinn in Frieden lassen!"

Der Monitor schüttelte sich leicht, wieder erwacht aus seiner Ohnmacht, und begann abgerissen in die langsamer werdende Kapsel zu reden.

„Ich muss … mehr wissen. O, wie schön du doch leidest … meine entzückende Laborratte, lass mich … mehr finden, komm, lass alles raus, lass mich mehr von dir erfahren … bestimmt kann ich … dir etwas dazu sagen … bestimmt wird es dir dann besser ergehen … erleichtere dich … mach es dir … komfortabel, du bist so schön … was ganz … Besonderes bist du!"

Seine Stimme klang von Mal zu Mal metallischer.

„Ich brauche dich doch!"

Der Helm, der anbei bemerkt, große Ähnlichkeit mit einem Mofahelm hatte, drückte immer stärker, immer schmerzhafter gegen Wanatus Schläfen, obgleich er durchaus dick gepolstert war, und in seinem Inneren entstanden Töne gleich einer massigen Turbine, laut, ohrenzerfetzend. Dazwischen zwängten sich die Worte des Automaten:„ Lass mich in dein Fleisch dringen! Gib mir Seele, Seele wirst du mir geben!"

Endlich blieb ihr zylindrisches Behältnis stehen, indem es sacht in eine Schleuse sank, welche sich um die Kapsel schmiegte. Unmittelbar brachen wieder zwei Metallarme aus dem Boden und drehten aus der waagrecht stehen Kapsel, jeweils links und rechts, die runden Verschlusskappen heraus, dass ein modriger, nach Kanalisation riechender Geruch in Wanatus Nase drang. Gleich sprangen riesige, grelle Leuchter an und Wanatu überblickte den Raum, in dem er sich nun befand.

Ringsherum standen Computer, die unermüdlich Berechnungen durchführten, während meterlange Papierbögen aus klappernden Druckern schossen. Ein Drucker zeichnete eine Herzfrequenz, aus einem anderen schlüpften Balkendiagramme, ein anderer schrieb in Mouse-Code, und einen entdeckte Wanatu – welcher auch am wildesten rüttelte – der pausenlos Sätze aufschrieb, die immer in Gedankenblasen mit verschiedenen Farben umrahmt waren. Zu guter Letzt fand sich noch ein Gerät, das Früchte ausdruckte: Erdbeeren, Himbeeren, Äpfel, Nüsse, Johannisbeeren und so weiter, doch in drei-dimensionaler Form, dass es aus allen Ritzen dampfte, als würde es Wasser kochen – es rappelte so stark, bei Nahe wäre es auseinander gebrochen. Die Öffnung, wo gewöhnlich die Ausdrucke hervor kamen, war kein Schlitz, sondern rund, ja eine faustdicke Röhre, die spuckte, sobald eine plastische Frucht aus ihr ploppte. Blubbernde, blaugrüne Flüssigkeit kroch aus ihr heraus, die bei Berührung mit dem Boden einen schnell abziehenden, seichten Nebel erzeugte.

Nach Frucht roch er nicht, nur nach Chemie, und dabei immerzu die spuckenden Geräusche.

Der Monitor fütterte dann Wanatu mit einer Kiwi.

XV

„Ayasha, wach auf, nur schlecht hast du geträumt, nur deine Gespenster sind dir gefolgt. Warum erfrischst du dich nicht am Quellwasser, Dabu und Baguyo fanden es heute, verborgen hinter einem tauenden, mit weißen Blüten bedeckten Gebüsch. Du hast sehr gefiebert meine Liebe. Geh nur zu ihnen, ich komme zurecht. Das Wasser wird dir gut tun, der Weg dorthin. Du musst klettern, gleich wenn du hier aus der Höhle trittst, sei aber achtsam, weil im Gestrüpp sich Dornen befinden", weckte sie der Meister.

Sein unbelastetes Pferd stapfte derweil über die Gräser und schnaubte vergnügt.

Kalter Schweiß lief Ayasha in den Nacken, der ihre müden Glieder aufraffte, während sie die aufsteigende Mittagssonne betrachtete.

„Es ist nicht mehr weit", ermutigte sie der Meister.

Ayasha lächelte, sog die aufsteigende Wärme auf, und klopfte sich den Staub von den Hosen.

„Ich habe schon lange nicht mehr von Yagoba geträumt", dachte Ayasha, die aus der Höhle trat und sich an der endlos weiten, unberührten Natur ergötzte, die sich vor ihr ausbreitete, während sie hoch oben stand, hinab blickend von einem Berg, dessen graues Gestein nun silbern leuchtete – es schimmerte, auch durch die Baumwipfel, die fast zu Ayashas Füßen lagen. Als sie sich an die Klippe setzte, berührten ihre nackten Sohlen das tänzelnde Blattwerk. Und bald musste sie lachen, zu sehr kitzelten sie sie mit samtweichen, klitzekleinen Härchen, die ihrer Hornhaut trotzten.

„Nein, nein, ich will das nicht essen", zuckte es durch Ayashas Stirn, „lasst mich alleine … lasst mich, mit niemanden will ich etwas zu tun haben, nicht mit euch! Nein, weg damit, zu widerlich sieht es aus, niemals soll das meinen Mund beschmutzen! Dieser ekelhafte Fraß!", grübelte sie.

„Ich hätte mich damals nicht von Großvater entfernen sollen. An manchen Tagen sehe ich nur Zahlen. Sie steuern mich, geben mir Anweisungen. Könnte ich mich aus diesem arithmetischen Käfig befreien , nicht weiß ich, ob er mir zu gute ist, oder nur Last."

Hoch ging sie nun zur Quelle, langsam aus der Grübelei zurück kehrend, aufgrund der physischen Anstrengung, die ihr der Pfad bereitete, dass sie frei von ihren schweren Gedanken, die frische, stärkende Bergluft genießen konnte. Sie schmeckte herrlich rein und durchflutete Ayashas Lungen, diese reinigend, dass sie sich federleicht fühlte und unerwartet schnell die Quelle erreichte. Hinter einem Gebüsch hörte Ayasha sie friedlich dahin plätschern.

„Dort, ihr ruhiges Gurgeln kann ich vernehmen. Ich sehe sie, die funkelnden Sterne, die aus den Ritzen schimmern", sagte Ayasha zu sich selbst und zwängte sich durch das scharfe Buschwerk.

Baguyo und Dabu saßen bereits neben dem Quell und waren tief in ihrer Meditation versunken. Der Quell war kleiner als Ayasha vermutet hatte, nur einen Teller groß, obgleich das Rauschen des Wassers wesentlich lauter war, als es den Anschein gab, aus weit abgründigeren Ebenen hervor kommend. Dennoch musste Ayasha lächeln, ihre beiden Begleiter vor einer – so dachte sie im ersten Moment – Pfütze sitzen zu sehen. Ayasha änderte aber bald ihre Meinung. Sie beugte sich über die Quelle, und tauchte langsam ihr Gesicht hinein, trank, und reinigte ihren verschmutzen Körper, ihre Blessuren, die sie von den Dornen erlitten hatte. Zuletzt berührte sie den Quell mit ihrer Stirn. Ayasha wurde augenblicklich müde, durch den steilen Pfad der sie hierauf geführt hatte, der dunklen Nacht, die sie gestern heimsuchte. Sie sah in den Quell und war sofort geblendet von dem reflektiertem Licht. Dann fiel sie mit brennenden Augen erneut in einen dumpfen Schlaf.

Als ihre Augen noch halb geöffnet waren, erblickte sie gefrorenen, erhärteten Schnee, die Eiskristalle darin, und fand sich alsbald ganz woanders, weilend in Erinnerungen, die jetzt wieder glasklar zu Vorschein kamen, jetzt nach jenem Alptraum, der sie besucht hatte.

XVI

„Wenn ich mich nur stark genug konzentriere!", beschwörte sich Wanatu. Sein Magen gluckerte wie verrückt. Er meinte, es würden Metallpfeifen versuchen aus seinem Magen zu springen, lange, dicke Kolben, ähnlich denen einer Orgel. Wanatu schwitzte in Gedanken an seinem Darm, der sich explosionsartig entleeren wollte, während sein Bauch weiter dröhnte und schallte, als säße man in einer Kirche.

„Himmel, Arsch und Zwirn!", platzte es aus ihm hinaus in einer verzerrten, ihm befremdlichen Stimme.

„Ich fick dich weg du schwuler Eimer!"

„Deine Eltern sind voll dumm!"

„Was gayt ab mit mir? Was hast du, du, du", Wanatu zuckte ruckartig mit seinem Kopf, „d-d-du Ausländer!"

„Was hast d-d-du mit mir gemacht?"

Eine Träne kullerte ihm von der Wange.

XVII

„Schneller, schneller, noch schneller!!!", brüllte sie eine weibliche, herrische Stimme an.

„Ich arbeite?", wummerte es plötzlich in Ayashas benommenen Schädel, „müde bin ich, ausgelaugt bin ich. Ich brauche Geld, damit ich essen kann."

Jetzt erkannte Ayasha die feuchte Höhle in der sie ihr Brot einst verdiente, die Anderen, die ebenfalls mit ihr eingesperrt waren, hungernd, ihre Aufgaben im Eiltempo verrichtend.

– Mittagspause –

Ein kurzer Krampf der Ayashas großen, rechten Zeh peinigte, nachdem sie sich hingesetzt hatte.

„Das soll in meinen Magen, mir Energie liefern?"

Sie nahm einen Bissen.

„Es schmeckt nach Sucht! Es stopft!"

Aus allen Ecken piepst es sodann. Nervös gehen die schmatzenden Anwesenden zu ihren Arbeitsplätzen zurück, manche mit freudig fiebernden Gesichtsausdruck, manche abgeschlagen, eingenommen von dunklen Gedanken. Die Höhle, bestehend aus Pappmaschee, ist nun fortwährend in unterschiedlichen, knappen Abständen von den piependen Tönen durchdrungen. Grelle Scheinwerfer beleuchten jäh die Szenerie, und ein emsiges Treiben beginnt. In einer schattigen Ecke erblickt Ayasha sodann einen schmalen Jungen, der in sich zusammen gekauert, von Krämpfen geplagt wird. Schmerzverzerrt fasst der Junge sich um den Magen. Stechmückenschwärme umkreisen ihn, saugen Blut. Schließlich wälzt er sich hin-und her. Ayasha fühlt Verbundenheit, ein unsichtbares, ihr unerklärliches Band, dass sie bald die gleichen Schmerzen spüren lässt, die gleiche unsägliche Pein, die der fremde, aber doch so vertraute Mensch nicht unweit von ihr empfindet. Zuvor sieht Ayasha den Kampf, wie der Junge sich immer wieder aufrafft, schreit, stöhnt, sich gegen eine massive Wand schmeißt, versuchend den lästigen Schwarm abzuschütteln. Er gibt nicht auf, egal wie zerstochen er mittlerweile ist.

Eine Träne kullert alsdann über Ayashas Wange, wonach sie schnell zu dem Jungen eilt.

XVIII

Wanatu zitterte am ganzen Leib, einen bebenden, epileptischen Anfall in den Gliedern, der ihn von oben bis unten durchrüttelte.

„D-du gefühlsloser, verstörter Apparat! H-hast du nichts b-besseres zu tun, als mir auf die N-nerven zu gehen. N-niederes Wesen, S-sukkubus!", schrie er, kurz vor der

Ohnmacht, seinen Magen unangenehm spürend, der weiterhin laut brummte.

Wanatu verstand es nicht, war in dem Gerät doch Menschlichkeit gespeist. Warum diese Lust am quälen, woher? Und trotzdem verstand er es irgendwie: das Grausame, das sich just auch in ihm staute.

„Wie stark muss man nur sein, um dieses Feuer zu stillen, dieses Inferno das tobender wird, je schwächer ich werde, je mehr Unordnung in mir herrscht, je mehr Zugang sie erlangt. Eine reißende Welle überrollt mich und zieht mich mit ihn ihre lieblosen, düstren Tiefen. Immer weiter zerrt es mich hinab, zu einem Ort, wo kein Licht eindringt, wo es bitterkalt ist, wo ich erstickend inmitten grauer Wolken unentwegt nach Hilfe schreie", wisperte es in Wanatu, und versickerte sogleich wieder. Ungeahnte Aggressionen brodelten in ihm hoch, dass die feste Fixierung sein gesteigertes, wildes Schütteln kaum standhalten konnte.

„Ich zeig`s dir, zeig` dir meine andere Seite du elende Ratte. Büßen wirst du!"

Bevor Wanatu seine Drohungen in die Tat umsetzen konnte, eilte der Monitor zu einer Kühltruhe, schnappte sich von dort eine Spritze und verabreichte ihm ein starkes Narkotikum, unwissend dass Wanatu bereits in seiner schäumenden Wut das Bewusstsein verloren hatte, welcher vornüber gebeugt in seinem Sitz noch leicht zuckte.

„Ständig am grübeln, wann wird man einmal in Ruhe gelassen, wann endlich findet man seinen Frieden, das kann es doch nicht sein: dieser Hass, dieser ekelhafte, nach Eiter müffelnde Schmodder, der sich festpappt, sich kaum auflösen will. Furchen zeichnen meine Stirn, Blässe die aus meiner Haut fährt. Ich bin ohnmächtig vor der Finsternis, die ihre Zelte in mir aufschlägt. Zum Mörder soll ich werden, dass nur noch ich in mir wirke, dass der Schleim endlich entschwindet!"

„ ... indem du mit weicher Hand behutsam mit dir umgehst“, vollendete eine zweite Stimme Wanatus Satz.

Die Stimme klang vertraut, obgleich Wanatu sich absolut sicher war, sie nie zuvor gehört zu haben. In den Arm nahm sie ihn, ihn tröstend und zugleich aufmunternd – stolz war sie auf ihn: die Art wie er ist, die Anstrengungen die er bewältigt, seine unermüdlichen Bemühungen kein Vollidiot zu werden, bei all dem Scheiß der ihn umgibt, gerade hier in Yagoba. Sodann packte ihn eine kräftige, raue Hand, die ihn jäh aus seiner Ohnmacht riss.

XIX

„Was ist das nur für ein helles Licht, diese Hitze, all meine Schaltkreise beginnen zu schmoren! Ich will mich nicht lösen, nein ich will es nicht! Dieser Schmerz ... endlich fühle ich etwas, glaube ich zu leben! Mehr, gib mir mehr davon, vollsaugen will ich mich damit, wie ein Schwein mich darin suhlen! Diese Lust, niemals war ich so erregt, o, das ist wunderbar, könnte es nur ewig andauern, könnte ich jede Nuance davon bis ins unendliche genießen: könnte das Gewissen verschwinden, dass ich ein kleiner Wurm, ein Scheusal, ein durchtriebenes Ekelpaket bin! Ah, diese Hitze, dieses gleißende Licht! Gleich ist alles vorbei, mein falsches Streben, mein Irrtum!“

XX

Als Wanatu aus seiner Ohnmacht erwachte, lag das Labor gänzlich in Trümmern, der Apparat zerbrochen in einer schmutzigen Ecke. Dahinter flackerte Licht, und in den blitzenden Stößen der defekten Lampe erblickte Wanatu seine halb entblößte Körperhälfte, die aufrecht in einer Kapsel stand. Das linke Auge zuckte, bis es sich schlaff nach unten drehte und Wanatu sich des roten, dickflüssigen Schleimes auf seiner Haut gewahr wurde, des blendenden Spiegels in dem er sich selbst beobachtete, realisierend dass er über und über mit Elektroden bedeckt war. Unverzüglich riss er sich die kalte Verkabelung vom Leib, die auch mit dem unseligen Apparat verbunden war. Ein stechender, immer wieder schwindender Geruch biss sich in Wanatus Nase. Schnell wurde er auf auf die umgekippten Reagenzgläser aufmerksam mit der Beschriftung: „Formaldehyd".

Darunter, nieder geschlagen auf dem mit festem Kunststoff gefertigten Boden, schlitterte ein Fötus umher, den Schädel zertrümmert, längst verstorben, einstmals konserviert. Wanatu stockte der Atem. In dem Moment erschien ihm der Fötus, als die unzuverlässige Lampe für eine halbe Minute ihre Arbeit vergaß, dieser gegen seinen kleinen, nackten Zeh stieß.

„Schnell hier raus, nur fort von hier, nur fort", kreischte es in Wanatu, „was geht hier nur für ein kranker Mist ab?! Was für Probleme nur hat dieses widerliche, verstörte Gerät?! Ach, was sehne ich mich so sehr nach Ischtar zurück!"

Und dann fiel es ihm wie Schuppen von den Augen, zu lange hatte er nun im Sumpf gesteckt.

„Was mache ich denn hier? Wonach suche ich bloß die ganze Zeit? Was erwarte ich schon von diesem scheußlichen Ort? Ich hab` die Schnauze voll, sollen diese Kreaturen doch in ihrem Morast untergehen. Kommen sie mir zu nahe, zertrete ich sie einfach! Flink bin ich wie ein Hase, schlau wie ein Fuchs. Mich kriegen sie nicht so schnell, mich den das Leben ruft. Ja, es ruft mich, die Energie die jetzt durch meine Adern fließt, die Lust zu verändern, den Zweifel ablegend. Dies metallene, herzlose Geschöpf, zerstört hab` ich es, zurückgeschickt in den Hades. Dort soll es schmoren, verenden, ausgetilgt aus meinem Bewusstsein, zerbrochen die Glieder, verzehrt von der eigenen Bösartigkeit."

Wanatu sprang über die Trümmer des Monitors hinweg.

„Wie nur heraus kommen? Vielleicht klettern aus dem Labyrinth, durch die Rohre, ohne Gewissheit ob man gleich eine Sackgasse erreicht?", erwog Wanatu.

Er eilte durch das verwüstete Labor, das doch geräumiger war, als er vermutet hatte, hatte er doch unentwegt den Helm auf. Nicht eine Sekunde vergeudete er an den Gedanken, was jetzt eigentlich passiert sei, er hatte ein Ziel, er wusste was zu tun ist. Und schwupps, entdeckte Wanatu einen Aufzug.

Auf dem Weg nach oben sah er später – er selbst traute zunächst seinen Augen kaum – Männer die in Bobby-Cars herum fuhren, während über ihnen Frauen in Robotern sich fortbewegten. Ihre Maschinen erinnerten sehr stark an Fangschrecken. Dort platziert, wo sich eigentlich der Kopf des Insekts befand, waren sie hüfttief in weichem Polster eingebettet.

Wanatu verspürte keinen Drang, sich noch weiter mit solchen Dingen zu beschäftigen.

Endlich machte der Aufzug Halt, aber nicht an der Oberfläche wie Wanatu ernüchtert feststellte, sondern unterhalb eines Gehweges, den Wanatu durch die dünnen Öffnungen eines Gullideckels bemerkte, an den Fußgängern, die schnellen Schrittes darüber eilten.

„Noch dieses Stück Metall muss ich heben, dann wahrlich atme ich wieder andere Luft", sagte Wanatu und wollte anschließend schreien, nach Hilfe schreien, weil er es nicht vermochte den schweren Gullideckel allein zu stemmen.

Nur versagte ihm die Stimme, und ein verstörtes, misstrauliches Wimmern bemächtigte sich seines Kehlkopfes. Wanatu presste sich erneut gegen den wuchtigen Deckel, und schaffte es ihn um Millimeter zu bewegen, erneut versuchte er zu rufen, doch nur ein klägliches, ersticktes Lüftchen quetschte sich wieder aus seinen strapazierten Lungen. Ermattet kauerte sich Wanatu in eine Ecke. Ein Lichtstrahl der durch den Schlitz des Gullideckels fuhr, durchschnitt die Finsternis vor Wanatu, landend auf seinem Brustkorb.

– Ruhe –

– Regeneration –

– Handeln –

Wanatu empfand keine Furcht mehr, so ganz allein in einem feuchten, beklemmenden Raum, ihm war es egal, unberührt blieb er. Die vielen, schwarzen Fäden, die sich in seinem Kopf verstricken wollten, wurden jäh gelöst.

Von der Decke tropfte es, ein eisiges Echo durch die Halle werfend. Hier war niemand außer er selbst, und doch hatte es zu Beginn gedrückt, die Angst jemand verstecke sich hier, das Grauen vor dem Unsichtbaren, das sich rasch in Halluzinationen manifestierte, in Fußschritte die nicht oberhalb des Gullideckels ihren Schall ausbreiteten, sondern just vor ihm – frostig watschten sie über den nassen Flur. Und unaufhaltsam übermannte ihn eine wache Regung, die ihn wieder klarer denken ließ, ein Stück weit die elende Müdigkeit vertreibend, die permanent seinen Verstand benebelte.

„Ich will hier raus, genug hab` ich nun von dem Ganzen gesehen. Eine Stimme sagt mir: << nur Mühe musst du dir geben, dich auf das Wesentliche fokussieren, bündeln, und dann das Nächste, bis du aus diesem verrückten Ort gelangt bist.>> Er spürte wieder die Festigkeit seiner Muskeln, dass er all seine Kraft zusammen nahm und sich mit seinem gesamten Körper gegen den Gullideckel hievte. Erneut verschob sich das Ungetüm nicht, keinen Nanometer – starr blieb es, bockig. „Unmöglich ist`s von hier hinaus zu gelangen, das Teil krieg` ich nicht aus den Angeln gehoben, niemals, nie und nimmer", musste Wanatu leider eingestehen.

„Ich muss wohl nach einem anderen Ausgang suchen. Bestimmt finde ich einen", sammelte er sich, dem zaghaften Echo der Schritte nachlauschend, welches sich durch die nackte Halle verlor.

Von den Wänden fiepte schüchtern ein Schwarm Fledermäuse, welche sich nun auf die Motten stürzten, die im Lichtschein flatterten, da Wanatu nun recht weit ins Halleninnere vorgedrungen war, jetzt durch ein verrostetes, zerbogenes Gitter schlüpfte, und darauf gebeugt durch eine feuchte, moosbewachsene Röhre stapfte. Er war mittlerweile gänzlich durchnässt, und immer wieder schlugen dicke Tropfen auf die gleiche Stelle seines Nackens. Bald meinte er, jemand schlage ihn mit einem Holzhammer unentwegt dorthin. Dem allem zum Trotz, stets zu sich selbst sagend:„ Irgendwann werde ich schon das Ende erreichen", entdeckte Wanatu schließlich eine eiserne Tür auf der geschrieben stand: „Archiv". Sie ließ sich durchaus einfach öffnen, sicherlich wurde sie regelmäßig geölt, folglich musste hier menschlicher Verkehr herrschen. Zudem war die einzige Tür, die aus dem Archiv hinaus führte, nur über eine gläserne Rutsche zugänglich.

„Ist kein anderer Ausweg vorhanden, bleiben mir die Restlichen verborgen, weil die übrigen elektrischen Schalter nicht reagieren?", fragte er sich.

Ein vergittertes Tor war hier noch zu finden, ein Aufzug, aber außer den Lampen, wollten die weiteren Gerätschaften nicht funktionieren.

„Wenn ich bloß den Generator anwerfen könnte, mir fehlt jedoch ein Schlüssel dazu", lamentierte Wanatu.

„Nun gut, dann eben ohne, dann eben die glatte Rutsche hinauf."

Wanatu schaute sich dennoch noch einmal um, links, rechts, oben, unten, tastete noch einmal jeden Winkel ab, eventuell hatte er etwas übersehen.

Also ging Wanatu eine Runde entlang der vier Wände, ward über die Einfachheit des Raumes doch sehr erstaunt, und umso erstaunter, als plötzlich ein kleinwüchsiger Mann unmittelbar hinter ihm auftauchte.

„Ich bin hier der Pförtner", sagte dieser rasch und sichtlich desinteressiert.

„Is` mir eigentlich egal, wer hier ein- oder ausgeht, aber nur Leute mit einer Stempelkarte darf ich die Tür öffnen. Manche kommen von unten her zur Arbeit und andere wiederum von der Oberfläche, das hält sich so in der Waage. Manche kommen gerne, und andere wiederum nicht. Die Rutsche da vorn dient übrigens nur als Ausgang. So, das war`s im Grunde. Ach natürlich, du befindest dich hier direkt unterhalb des Verwaltungsamtes, hmm obwohl, streng genommen befindest du dich bereits darin, um genau zu sein: im Archiv, nur das hier nichts archiviert wird. Die lieben Kollegen sind doch recht unmotiviert was das anbetrifft. So, eine Sache noch, ich bin ja Menschenfreund; du bist nicht der Erste der einen Weg nach oben sucht, sind schon Einige vor meiner Tür gelandet und keinem hab` ich die Tür zu dem oberem Stockwerk aufgeschlossen, mussten allesamt die Rutsche empor klettern. Drei-viertel versagt da bereits, und der Rest wenn sie sich erstmal im Verwaltungstrakt festgefahren haben. Du musst dich schon gut halten mit den Kollegen, sonst kommst du nicht weit. Sei`s drum, kann auch sein, dass sie netter sind als ich, ich geh mal lieber ne Kippe rauchen, gleich hier. Wenn du über die Rutsche willst, tu dir keinen Zwang an, nur geh mir dabei nicht auf die Nerven. Bettel nicht, dir die Tür zu öffnen, oder sonstige Dinge, ich hab` mittlerweile ein Vergnügen daran gefunden, Narren bei diesen zwecklosen Unternehmungen zu beobachten."

Der Pförtner knackste dann mit den Fingern, platzierte seinen mitgebrachten Klappstuhl, zündete sich die Zigarette an, und reckte anschließend die Glieder, als wollte er sich vorbereiten, bald mit geistreichen Kommentaren um sich zu schmeißen.

Und schon ging es los, wie ein dorniger Peitschenhieb, der einen reißend über den nackten Rücken fährt, als Wanatu das erste Mal die Kräfte versagten. Es folgten noch vier weitere

Versuche, die er in waagrechter Lage zu überqueren beabsichtigte – die Arme ausgestreckt, die Beine bis zu den Zehenspitzen, presste sich Wanatu gegen die Seitenwangen, und erklimmte so Zentimeter um Zentimeter.

„Gut machst du das, fast hätte ich geglaubt, du wärst ein Astronaut, oder jemand der selbst Rutschen baut, beziehungsweise sie klaut und verstaut ...“

„Will er lustig sein?“, dachte Wanatu, „von solchen Witzen kriegt man Depressionen!“

„Du siehst aus wie eine junge, vollschlanke Maid, die im Begriff ist zentnerschwere Wasserkrüge zu ihrem Dorf zu bringen. Ihre Grazie besitzt du, ihre Hüften, o wie schön du sie doch nach vorne schmeißt, deine Hüften, und auch den Rest. Vielleicht bist du ja ein ägyptischer Tänzer? Hier, tanz` weiter mein Schönling!“
Sogleich schmiss er einen Groschen zu Wanatu, der so genau geworfen wurde, dass er in seinen Kragen fiel.

„Jahrelanges Training meine Süße“, zwinkerte er.

„Ich hab hier noch ein paar Freunde die uns Gesellschaft leisten könnten, du weißt schon, ein paar Bierchen zischen, bissel Unsinn reden. Männer mit ner richtigen Mähne uff der Brust. Wird dir gefallen, da wett` ich mit dir!“
Wanatu schenkte dem Gerede des Pförtners nur geringfügig Aufmerksamkeit. Nach den ersten Fehlschlägen stellte er fest, dass die Rutsche doch einfacher zu erklimmen war, als er zu Beginn annahm, bloß dem Pförtner durfte er nicht zuhören, nur die Rutsche Stück für Stück bewältigen. So bekam er auch seinen Rest nicht mit.
„Schon blöd dass Rauchen derart ungesund ist, dass mir die Lunge anfängt gewaltig zu kratzen, nachdem ich sechs nach Gang weggezogen hab`. Mmhh, du siehst grad auch aus wie ne` Zigarette, dein von den Fingerspitzen, bis zu den Fußspitzen ausgestreckter Körper. Dein Unterleib wär dann der Filter, und anzünden würd` ich dich an deinem langem

Haar. Deine heraus stehenden Arme würd` ich dir natürlich rausreißen, das wären überflüssige Ästchen, die ab-und an in minderwertigem Tabak zu finden sind.

Selbstverständlich wärst du von Hand gedreht. Ich sach et dir, wegrauche würd` ich disch in zwei Züg`, auch wenn die Zwei mir die Lung` wegfetzen würden!"

„Klack", vernahm der Pförtner, der zuckend zur zugefallenen Tür aufblickte, denn immer wenn er Luft holte zum Reden, schweiften seine lahmen Augen durch den kargen Raum. Seine Stimme wurde kratzig, und er hatte jedes Mal die gewichtige Entscheidung zu treffen, ob er jetzt lieber weitererzähle, oder an seiner Kippe zieht. Beides gleichzeitig ging nicht, dazu war seine Lunge zu schwarz, durch und durch verklebt vom Teer. Er hustete furchtbar, kurz vorm Erbrechen war er, so klang am Ende auch seine Stimme:„Du Rotzlöffel!" ... ... *kotz*

„Ja, was soll ich schon großartig dazu sagen? Ich habe es eben verlernt. Ich bin nicht in der Lage eine Bindung zu einem anderen Menschen einzugehen, es geht einfach nicht. In meinem Kopf schlägt alles über, sobald jemand meine Nähe sucht, einen Witz reißt, ausgelassen ist. Nein, ich kann das nicht, ich funktioniere einfach anders."

„Man merkt es dir an, fürchterliche Augenringe hast du, aber von meinen brauchen wir erst gar nicht anfangen zu reden. Nach Freundschaft sehnst du dich und nach Liebe. Freundschaft ist durchaus was Schönes, Liebe auch, an Beiden leidest du Mangel. Aber denk doch mal nach. Du quälst dich doch unnötig, mit nichts anderem beschäftigst du dich mehr.

Deine Leistungen lassen nach, Energie die du für praktische Dinge verwenden könntest, investierst du in Verlustgeschäfte, außerdem muss ich schon Aufgaben von dir mitübernehmen."

„Das wird mir zu viel: zum einen mein Gefühlschaos zusätzlich zu meinen Pflichten.

Warum lässt sich das nicht ordnen? Hier liegen so viele Aufträge, die kann ich nicht abwickeln, weil sich die gegenüberliegende Partei nicht zu Wort meldet, da hilft keine Abmahnung, dazwischen liegen nur tausende von Paragraphen, Ärger und Mühsal. Was ein undankbarer Job, einer ohne Ende, bei dem man selbst nur die Hälfte versteht. Bin ich deswegen vielleicht ohne Freunde, soll das der Grund sein, dass ich keine Liebe finde, wegen meiner Sorgen, meiner in Falten geworfenen Stirn?"

„Du fragst mich Sachen. Naja, mag sein, ich weiß es ja selbst nicht genau, damit musst du leider selbst mit zurecht kommen, zurück zur Arbeit muss ich, ja genau, es wird wirklich Zeit."

Weiß bestrichene, verputzte Wände, ein DIN A5 großes Bild einer Landschaft. Man erkannte Weizenfelder, Krähen die darüber flogen. Die grauen Jalousien waren geschlossen, dafür erzeugte eine Schreibtischlampe künstliches UV-Licht. Recht grell war es in dem überschaubaren Büro. Der Angestellte hatte beim Verlassen die Türe wieder verriegelt. Beide merkten nichts von Wanatus kürzlichem Eintreten.

„Wenn ich mich bei dem werten Herren empfehlen darf. Zufällig durfte ich ihre Konversation mit anhören. Ich möchte mich kurz zu ihrem Anliegen äußern.

Völlig eingenommen sind sie, völlig entwurzelt, sie haben nicht verlernt mit Menschen eine Bindung einzugehen, eher haben sie nie gelernt von den ganzen Gewitterwolken, die sich in ihnen verdichtet haben, Abstand zu gewinnen, ihren Blitzen auszuweichen. Jetzt können sie sich beweisen, und vor allem dann, wenn es einem bescheiden zugeht."

Der Sekretär neigte sichtlich beschämt sein Haupt. Dann schlurfte er zur Tür und öffnete sie für Wanatu, der mit dem Mittelfinger dorthin gezeigt hatte.

„Hast du schon die Neue gesehen? Geiler Arsch, dicke Titten, geht voll ab!"

„Ja Mann, robust, schön Doggy-Style von hinten! Ich hab` vorhin mit ihr gelabert, geht gut klar. Ich hab` auch gefragt, ob sie gern Party macht und so, bisschen was trinken, tanzen. Ey, ich sage es dir: was ein hübsches Lächeln, dieses Mädchen ist gourmet, vom Feinsten Digga!"

„Auf jeden, gönn dir gut. Ich schwörs dir, fünf Sterne Menü!"

Nebenan im Büro, hinter der Türe mit dem angebrachten Namensschild:„Wittenberg", saß benannte Person und knirschte wild mit den Zähnen, so laut, dass die Beiden ihn hörten.

„Still, sonst flippt der Lauch von nebenan aus. Der hat keine Hobbys Bruder, jeden Tag geht der Typ ins Fitness-Studio. Ich schwöre dir, nur um uns eines Tages mies zu verprügeln, weil der Lappen keine richtigen Freunde hat außer seinen Käsearsch-Säufern."

„Hammerhart, ich sage dir, der ist voll unlustig, wenn der Witze macht, dann immer über Leberwürste!"

„Junge, ist der schwul oder was?!"

Seit Jahren nun war Herr Wittenberg Beschäftigter des Verwaltungsamtes, mit einer der Dienstältesten, aber immerhin noch mitte vierzig, und übertrieben durchtrainiert.

Herr Wittenberg nun folgte diesem Gedankengang:„ Die sind doch mit allen Wassern gewaschen, keinen Anstand kennen die, und haben nur das eine im Kopf, und mit sowas muss man die Arbeitsstätte teilen! Die reden doch alle schon so, früher hätt` et dat nisch gegeben, denen hätt` man orjentlich dat Maul gewasche, mit Kernseife und Drahtbürst`, bis et blutet! Ach, die hätt` es erst gar nit gegeben, die wäre schon vorher inne Goss` verreckt, Zigeunerpack die Elendigen! Dat isch misch mit sowat abgebe muss, unverständlich, dat is` mir sowat von unverständlich. Die solle erstmal bei sich vor de Haustür kehre, die reudigen

Undankbaren. Und jetzt machen se uch noch dat arm Mädel an! Isch könnt schwöre, der ein hätt` se begrabscht mit seine dreckische Pfoten. Net mal davor machen se Halt. Ach, unsre armen Mädcher, die können sich ja gar net wehren gegen so viel Dreistigkeit, wat sollen se schon machen mit ihrer dünnen Ärmcher?"

Herr Wittenberg drückte und zerstörte dabei seine Maus.

„Et muss sich wat ändern, ganz dringlichst, et kann doch nit so weiter gehen, et geht doch allet den Bach runter. Lang mach ich dat net mehr mit, mit der nichtsnutzigen Bande!"

Wanatu stand gegenwärtig im Zimmer der beiden beschimpften Kollegen und musste durch Herrn Wittenbergs Büro.

„Macht`s euch was aus, wenn ich grad hier durchgehe?", fragte Wanatu, nachdem er angeklopft hatte.

„Nein, kein Problem mein Freund, geh nur, aber pass auf den Aggrotypen auf, der Mann ist eiskalt."

„In Ordnung, mach ich", erwiderte Wanatu und tippste also leicht an Herrn Wittenbergs Namensschild.

„Wat is`?!", zischte es ihm ächzend entgegen, wahrlich, wie aus dem Rachen einer Schlange, züngelnd, und die ausgestoßene Luft zwischen die Spalte der oberen Schneidezähne gepresst. Im Nachklang flatterte die Stimme leicht, was ihr einen überaus missgünstigen Tonfall verlieh.

„Ja, wat is` jetzt?!", fauchte es erneut.

Wanatu dachte nach, und erreichte schnell einen Konsens:„ Diskutieren und fragen macht keinen Sinn, mir genügt schon das, was ich gehört habe. Mit dem Menschen ist nicht zu spaßen, nein, einen ganz eigenartigen, und ich befürchte vor allem abstoßenden Humor besitzt er, einen bei dem es nichts zu lachen gibt, einen bei dem man sich verrenken muss zum Lächeln, um wenigstens nicht unhöflich zu wirken.

Ich sehe bereits die Sehnen meiner Gesichtsmuskulatur reißen, meine herunter hängenden Backen, die nimmer mehr straff, nur noch hin-und her schlabbern wie die Brüste einer Hundertjährigen: zerfurcht und vertrocknet. Ich werde folglich die Tür aufstoßen und auf kürzestem Wege den Raum durchqueren. Sicherlich muss ich mich dann nicht mit jener Person auseinandersetzen, das scheint mir am klügsten, zumindest erwarte ich so den geringsten Widerstand. Es muss klappen, es wird klappen!", befeuerte sich Wanatu.

So schlug er also vehement die Tür auf. Nur dumm dass er vorher nicht die Konversation der beiden Kollegen mitgehört hatte, die wichtige Information, dass Herr Wittenberg sehr oft ein Fitness-Studio frequentiert, der jetzt erschreckt mit weit aufgerissenen, empörten Augen vor ihm saß und fast zur Gänze den Raum mit seiner gedrungenen, übertrainierten Statur einnahm. Neben der Tür standen noch ein hoher Schrank und ein Schreibtisch, wohinter sich der schäumende Beamte befand. Ebenfalls dumm, dass die Tür hinter dem Schreibtisch lag, lediglich ein hüftbreiter Spalt führte daran vorbei.

„Was soll das? Was fällt ihnen ein?!", schrie Herr Wittenberg, „ihnen geht`s wohl zu gut!"

„Mag sein", antwortete Wanatu, „wenn sie mich entschuldigen, ich will hier nur kurz vorbei, ich bin auch gleich wieder weg."

Er war gerade dabei sich durch den Spalt zu zwängen.

„Was soll das? Lassen sie das sein! Das ist mein Büro, das dürfen sie nicht, das ist verboten! Stehenbleiben sage ich, stehenbleiben!"

„Es dauert nicht lang, ich bin gleich im nächsten Zimmer, dann sind sie mich wieder los, bitte verzeihen sie."

Wanatu war just vor der Türklinke, sein Arm bewegte sich schon dahin.

„Nein!!!", heulte auf einmal Herr Wittenberg und packte Wanatu an der Hose, riss ihn brachial zu sich, doch konnte sich Wanatu gerade noch am Schrank festhalten. Wanatu strampelte wild mit den Beinen, dass sein misshandeltes Kleidungsstück ihn bis zu den Knien rutschte. Dennoch ließ Wanatu nicht locker, der jetzt energisch durchgerüttelt wurde mit abrupten, schlagartigen Bewegungen, welche, wie als wenn man mit einer Peitsche schlägt, von oben nach unten ausgeführt wurden … solange bis die Tür des Schrankes sich aus den Angeln riss. Und hinaus gefallen kam eine bereits aufgeblasene Latexpuppe, die sich ausgerechnet mit der Mundöffnung über Wanatus nun entblößten Phallus stülpte.

„O nein, o nein, bitte nicht!!!", brüllte Herr Wittenberg, „bitte nicht!!!", und versteckte sich unter dem Schreibtisch.

Wanatu plumpste hinunter, krabbelte sofort zur Tür, und stand da, nun mit einer herunter gelassenen Hose und einer blonden Latexpuppe um sein bestes Stück. Das Büro, welches Wanatu alsdann betrat, war natürlich das des Mädchens, wovon die beiden Kollegen vorhin gesprochen hatten.

Ein kleiner, zaghafter Aufschrei entglitt ihrer Kehle, nachdem sie Wanatu hüftabwärts betrachtete, der sich aber im nächsten Moment in ein leises Stöhnen wandelte. Darauf stand sie auf, ihre Arme in abwehrender Haltung. Aus den Augenwinkeln konnte sie auch Herrn Wittenberg entdecken, der nur bis zur Nase seinen Kopf über den Schreibtisch hob und fortwährend wimmerte.

„Entschuldigen Sie", beeilte sich Wanatu, „das ist nicht Meine, es handelt sich hier um ein riesengroßes Missverständnis, einen Unfall, ich wollte nicht … sie verzeihen … ich möchte nur hier durch, das Gebäude möchte ich verlassen, da ist ja schon die Tür, also, sie verzeihen?"

Es war zu spät. Dass Wanatu sofort seine Hose anzog, änderte nichts an dem immer laut werdenden, muhenden Stöhnen. Sie stützte sich gleich auf ihre Arme und Beine und begann zu robben. Dabei wollte sie glaube einer Katze ähnlich, aber ihre extreme Wollust, die ihre Gesichtszüge entstellte, ließ sie mehr wie ein übergewichtiges Bonobo-Weibchen aussehen, welches nur Nippel besitzt ... nur Nippel! Wanatu zog unweigerlich ebenfalls eine komische Fratze, jedoch nicht verzerrt, sondern starr, einem wabbeligen Blobbfisch gleichend, der wie Gelee im bitterkalten Meer schwimmt, ganz allein, und bald von einem scharfzahnigen Anglerfisch besucht wird, der sturzbetrunken sich mit ihm paaren will.

„Was geht hier nur vor?", runzelte Wanatu die Stirn, „hat denn hier jeder was an der Klatsche, ich will doch nur hier raus, was ist denn los mit den Leuten?"

Die Tür ließ sich nicht öffnen, egal wie kräftig Wanatu daran zog und polterte.

„Wo ist bloß der Schlüssel?", dachte er.

„Miau, also wenn du den Schlüssel suchst, verrat ich dir gern, wo du ihn findest", schmunzelte das Mädchen.

„Das verheißt nichts Gutes", realisierte Wanatu, „auf das Spiel lass ich mich erst gar nicht ein, und hübsch ist sie mitnichten!"

Deshalb griff Wanatu nach dem Bürostuhl. Herr Wittenberg hatte mittlerweile sein Versteck verlassen und zog heimlich die Latexpuppe wieder zurück in sein Büro, während das Mädchen an Wanatus Beinen hing und sich an ihnen nach oben schmiegte.

Wanatu drosch auf die Tür, als gäbe es kein Morgen mehr.

„Gleich bin ich an der Spitze", lispelte das Mädchen, „gleich koste ich von deinen runden Gigolo-Lippen."

Und Wanatu drosch noch fester. Zwischendurch schüttelte er sich, dass das Mädchen von ihm ablasse.

„Geh doch auf!!!", schrie er.

„Das musst du mir nicht zweimal sagen, mein Hengst-Lover", antwortete sie und war mit einem Mal direkt vor Wanatu. Bis zum Kinn reichte sie ihm und öffnete ihren Mund, in dem der Schlüssel lag, auf-und ab wellend über ihre schlingernde Zunge.

„Gönn dir Sexy", flüsterte sie dann, schloss ihre Augen und bewegte ihr Gesicht zu Wanatu, einen nassen Zungenkuss vorbereitend.

„Hat sie Thunfisch gegessen?", fragte sich Wanatu und berappelte sich im nächsten Moment, seinen Zeigefinger zu seinen Daumen führend. Diese beiden Finger gebrauchte er schließlich, schnappte sich mit ihnen den Schlüssel und entriegelte in Sekunden die Türe, war nach weiteren, wenigen Sekunden dahinter verschwunden, und verriegelte sie wieder, das Hämmern von der Gegenseite ignorierend.

„Schwein du, alles hätte ich dir gegeben Babe!"

„... ...", mehr fiel Wanatu dazu nicht ein.

Vor Wanatu stand eine dickleibige, noch recht junge Frau, die sich seitlich an die Wand lehnte und aus dem Fenster schaute, welches sich links neben ihr aufhielt. Ihre Augen waren niedergeschlagen und ihre Lippen am schmollen – die Hände vergraben in den Hosentaschen, dipste sie ab-und an mit ihrer Stirn gegen das vibrierende Einfachglas.

„Langweilig, es ist sooo langweilig. Ich kann diesen Papierberg nicht mehr sehen."

Dann rieb sie sich den Dreck aus den Augen.

„Wenn ich Geld hätte, wäre doch alles anders! Genau, dann nämlich könnte ich mir aussuchen, was ich mache, und wo ich bleibe! Ein schönes Auto, ein gutes Haus, ein schöner Mann und Kinder. Keinen kann man das doch zumuten, immer wieder das Gleiche, ständig die altbekannte Leier, die sich minütlich wiederholt, und wenn ich Migräne hab sekündlich. Ja, es gibt doch so viele schöne Autos. Was ist nur schiefgelaufen? Habe ich mich zu sehr angepasst, bin ich zu sehr mit dem Strom geschwommen?"

Wanatu räusperte sich kurz mit dem beiläufigen Gedanken:„ Sie führt wohl des Öfteren Selbstgespräche, allein schon das Gekrakel auf ihrem Block?!"

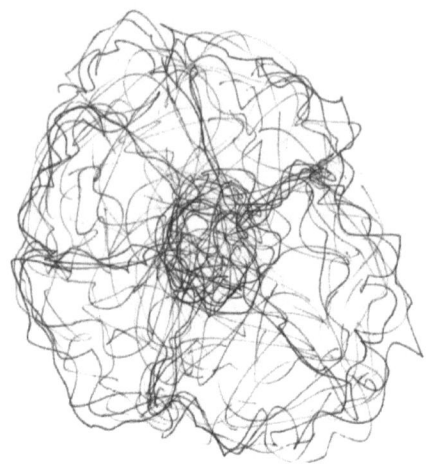

Dann sagte er, sie solle nicht erschrecken, er selbst sei durchaus verwundert, dass sie von dem ganzen Theater nebenan nichts mitbekommen hatte. Sie sei sicherlich gerade selbst sehr mit ihren eigenen Sachen beschäftigt. Er möchte nur wissen, ob er schnell ihr Büro durchqueren dürfe. Dabei versuchte Wanatu einen Scherz zu reißen – ihre hin-und her zuckenden Augäpfel machten ihn doch ziemlich nervös – dass der Verwaltungstrakt überaus ungünstig gebaut wurde, wie die Pyramide eines Pharaos: überall Fallen und Hyroglyphen, die man nicht zu entziffern versteht. Anschließend lachte Wanatu, er wolle die Herausforderung annehmen und die Pyramide überwinden.

Es folgte Schweigen, und ein Blick der Frau, die überhaupt nicht begriff, was Wanatu von ihr wollte. Sie sah hart zu ihm hinüber, abwehrend, und schließlich fordernd – kein Lächeln, nur zusammengezogene dünne Brauen, die ein versteinertes Gesicht fixierten, das vergeblich versuchte die zentnerschweren Mundwinkel nach oben zu zerren.

„Hattest du dich gerade eben um einen Witz bemüht?", fragte sie in einem Ton, der nur auf ein falsches Wort lauerte, das sie ausflippen lässt, lediglich weil sie glaubt man greife sie an. Und bei der ach so nichtigsten Kleinigkeit hätte sie nach dem Strohhalm gegriffen. Ihre Backen und ihre zerrunzelte Stirn waren sichtlich gerötet, mit Sicherheit selbst gereizt, eine derartige Last ausstehen zu müssen.

„Wat is nun?!", fragte sie von Neuem und kreuzte ihre Arme, „kannsch dir irgendwie helfen?!"

„Nun, die Tür … wenn Fräulein verzeihen?"

„Ein Fräulein bin ich also für dich. Sehe ich etwa so aus, und was geht dich das an? Hör zu, ich hab gerade wichtigere Dinge zu tun, als mich mit deinem Schabernack herum zu ärgern!"

„… nur durchgehen möchte ich, wenn die Dame also verzeiht."

„Das kannst du vergessen!" Sie wollte eben tiefer Luft holen, doch dann verschluckte sie sich.

„A-a-uch wenn du ins nächste Zimmer gehst, dort sitzt der Abteilungsleiter. Ohne fertig gestellte Dokumente, ohne Arbeit die du hier verrichtet hast, wird das deine letzte Station sein", dabei lächelte sie gekünstelt. Da war nichts Freundliches anzumerken, das war nur eine Grimasse, die sich zu etwas zwang. Dann ward sie auf einmal ganz blass und beklagte sich über Gliederschmerzen.

„Halsschmerzen hab` ich auch, ohje, was soll ich nur machen, ich muss unbedingt den Kram erledigen, aber ich kann mich nur schwer konzentrieren. Wenn bloß jemand helfen würde, vielleicht ein junger, strammer Bursche, der sich zufällig in meinem Büro aufhält? Setz dich ruhig, du musst lediglich abstempeln, mehr nicht."

Wieder dieses Lächeln.

„Die Person ist mir durchaus unsympathisch, aber egal, damit ich hier rauskomme, werd ich wohl oder übel noch etwas mehr Zeit an diesem elendigen Ort verbringen müssen."

Und sogleich fing Wanatu an zu stempeln. Der Stapel, den er zu bearbeiten hatte, reichte vom Boden bis zur Tischkante. Die Frau zündete sich derweil eine Zigarette an, und immer wenn sie weg aus dem Fenster schaute, schnappte sich Wanatu eine handvoll Unterlagen und verstaute sie irgendwo anders. Manche im Schreibtischschränkchen, Manche landeten unauffällig im Papierkorb, Manche legte er zwischen die Seiten ihres vollgekrakelten Blockes, und unter seinem Gewand fand sich viel Platz, dass Wanatu recht schnell die Aufgaben erledigte.

„Sie wird Verdacht schöpfen, mit Sicherheit", dachte Wanatu, dem das nackte Papier auf seinem Bauch einen kalten Schauer durch die Knochen schickte.

„Wie hast du das gemacht?", fragte die Frau verblüfft.

„Also, ich ..."

„Du warst so gleichmütig dabei, ganz gelassen! Wie geht das? Bitte zeig` es mir, verrat es mir!"

„Ich bin auch nur ein Mensch. Da müssen sie sich schon selbst helfen", gab Wanatu zur Antwort, dem überreizten Gesicht der dicken Frau ausweichend.

„Dann einen schönen Tag noch", verabschiedete er sich rasch.

„Ja ... ja, Ihnen auch." Ihr plastisches Lächeln folgte, das von Wanatu aber unerwidert blieb. Er klemmte sich die abgestempelten Unterlagen unter die Achseln, um ins Büro des Abteilungsleiters einzutreten.

„Guten Tag der Herr, ein ganz neues Gesicht wie ich sehe", begrüßte ihn jäh eine sanftmütige Stimme.

„Ich bin Herr Naturalis und bin hier der Abteilungsleiter."

Er sah Wanatu tief in die Augen, doch nur für einen kurzen Moment, ohne aufdringlich zu wirken.

„Wie ich entdecke, haben sie mir ein kleines Präsent mitgebracht, wunderbar! Diesmal durchaus weniger als sonst, aber damit begnüge ich mich natürlich auch!", lachte er ausgelassen.

„Jetzt so beim zweiten Ansehen, ja, ich glaube, ich weiß wer sie sind. Sie wurden mir mitgeteilt", dabei zwinkerte er.

„Ein wirklich ausgeglichener Mensch", bemerkte Wanatu, und war direkt von der Freundlichkeit seines Gegenübers angesteckt.

„Ich wüsste nicht von wem", antwortete Wanatu.

„Bald, mein Freund."

Dann faltete Herr Naturalis die Innenseite seines Jacketts nach außen.

„Das Symbol dürfte dir doch sicherlich bekannt sein?".

„Das Symbol der Swami-Mönche!", dachte Wanatu. Und bloß in seine leuchtenden Augen sehend, ward Herr Naturalis über die Maßen glücklich, drückte Wanatu an sich, und ließ keine weiteren Fragen zu.

„Du willst zum Turm mein Junge."

„Ja, ganz genau, gleich in der Nähe liegt ein Turm."

„Nur über die Allee, welche sich direkt hinter meiner Türe befindet."

„Ja, das ist mein voller Ernst!"

„Bleib gesund, achte auf deine Ernährung, sowieso genügend Bewegung, und nicht zu sehr ins Dunkle abtauchen", rasselte Herr Naturalis euphorisch hinunter.

„Also mein Junge, jetzt zur Allee, und dann zum Turm, dann hinauf über eine steinerne Wendeltreppe, das kannst du nicht verfehlen. Wenn du erst einmal oben bist, wirst du wissen, was zu tun ist."

Wanatu wolle sich bedanken, noch weitere Fragen stellen, aber der Abteilungsleiter winkte ab.

„Geh jetzt mein Freund. Du warst nun lang genug in Yagoba. Wir werden uns wieder sehen. Also, lebe wohl", lächelte er und führte Wanatu aus der Tür hinaus.

Vor Wanatu erstreckte sich ein ebener, begraster Weg, welcher nicht allzu weit führte.

Der Untergrund war butterweich durch das Moos, und die Ahornbäume, welche sehr eng nebeneinander gepflanzt wurden, schüttelten sich im Wind, begleitet vom fröhlichen Gesang der Vögel. Manche der Bäume waren sogar an ihren Stämmen miteinander verwachsen, und Wanatu fand keine Stelle zwischen ihnen, durch die er hätte hindurch schlüpfen können. Am Ende der zwei prächtig umkrönten Stammreihen stach letztlich der Turm hervor, über 300 m hoch, erbaut aus rotem Sandstein, mit einem ründlichen aus gelben Ziegeln gefertigten Dach. Eine gewaltige Rankpflanze kletterte spiralförmig den Turm empor, wohinter Wanatu die halbierte, aufgehende Sonne erblickte, die unten rechts allmählich vom Horizont aufstieg. Oben links, just neben dem Turmdach, begrüßte ihn zusätzlich der klar erhellte Mond, ebenfalls nur zur Hälfte sichtbar, der im gleichen Tempo wie die Sonne aufging, allmählich niederging, sein sanftes Licht auf die Rankpflanze sprenkelnd, die nun aberzählige Blüten bildete. Indem sie sich sacht schüttelte, erwachte da die Pflanze, sich wandelnd, indem sie von unten nach oben ihre Form veränderte, zu einem einzigen Blumenmeer werdend, dass die ganze Allee in einen süßlichen Duft getränkt wurde. Weiterwandernd besah Wanatu das Schauspiel und erreichte schließlich ein mit Holzgravuren verziertes, stämmiges Tor, welches sich mühelos öffnen ließ. Die Gravuren auf dem Tor zeigten einzig Muster, keine Abbildungen, keinen Versuch sich der Natur anzunähern, und waren doch schön, ohne dass sie einen in ihren Bann zogen.

Wanatu ging dann die Wendeltreppe hinauf. Die beeindruckenden Gemälde die am Gemäuer hingen, beachtete er nur geringfügig , so wie er auch vorhin in der Allee sich von den Bildern trennte, die über sein Auge zu ihm drangen. Er weilte in sich selbst und stieg weiter die Stufen hinauf, einen Fuß nach dem anderen, bis er endlich die Turmspitze erreichte und über Yagoba blickte.

Wanatu konnte die vielen Fabrikschornsteine nicht zählen, aus denen dicker Qualm empor kletterte, die Häuser, Straßen und zigtausend Fahrzeuge die dort unten lärmten.

„Nie wieder will ich dort hin, von einem Ding abhängig sein, das in diesem Sumpf seine Wurzeln geschlagen hat", ging es Wanatu durch den Kopf, „doch merke ich die Last die nun auf mir wiegt, die Erfahrungen die ich dort unten sammelte, der Morast der sich in meine Gehirnwindungen gefressen hat. Ständig muss ich zu dieser grauen Stadt blicken, ständig sucht mein Auge das Dunkle darin, um zu versuchen es zu begreifen, wo es doch nichts zu begreifen gibt!"

Dann betrachtete er die üppige Landschaft, die sich weitab von Yagoba an den Horizont lehnte, sich in der Entfernung erholend, denn im näheren Umfeld ward alles Grüne verdorrt.

„Ganz unvermittelt stehe ich nun hier oben, und mir ist`s, nachdem ich wirklich versuchte jede Treppenstufe mit Andacht zu besteigen, als wäre ich Leidender, ich Misshandelter, ich der sich unentwegt niederhält, doch ein stattliches Stück entrückt von jener Stadt.

Ich sehe wie da alles an mir vorbeigleitet – dieser nichtsnutzige Monitor! – sehe dass es fortläuft, und ich wiederum an mir festhalte. Wohin nur mit dem unmäßigen Hass? Ach, was soll es mich kümmern, fühle ich doch hinter den ewiglich wiederholenden Fragen, etwas wonach meine ganze Seele greift, jenseits vom Hass, vom Bösen … zum Guten will sie, zur Ruhe. Wie schwer mein Kopf doch an manchen Tagen gewogen hat. Nein, an dem Unheil das dort unten seine Krallen ins Fleisch der Leute hetzt, vermag ich nichts zu ändern, aber bestimmen kann ich, welchen Weg ich zeitlebens folgen werde. Unermüdlich fließt es an mir vorbei, der Druck der sich in mir entladen will. Wie überdrüssig ich doch dem Ganzen bin, wie machtlos gegenüber diesem Quell, der stets von Neuem aufbrodelt. Ich sollte den Schritt wagen, und dem ein Ende setzen, zumindest einen weiteren Meter in diese Richtung gehen. Ein felsenfester Glaube existiert in mir, ein Gefühl, eine reine, unbefleckte Gewissheit, dass ich finden werde."

Sogleich sah Wanatu hinunter, direkt an den Wänden des Turmes entlang, indem er sich ein wenig über die Brüstung beugte. Ein kleiner Kiesel bröckelte von der Wand und Wanatu meinte sein Herz springe im gleichen Moment aus seiner Brust, ihm die Luft zuschnürend, schlagend in einem ungestümen, unregelmäßigen Rhythmus, der ihn durchaus besorgte.

„Was soll ich nur machen? Es gibt nur den einen Weg hinaus, der wieder nach Yagoba führt, wieder in den dumpfen Nebel … niemals!"

Nicht weit von ihm entfernt, zog ein Bussard seine Bahnen, gelegentlich einen hellen, klingenden Ruf zu den Himmelskörpern sendend.

„Warum wünsche ich? Warum diese zerfressende Angst? Nie hört es auf, nie werde ich frei von dem Schleim sein. Es ist egal, ob ich Yagoba verlasse, oder dorthin zurück kehre, mein Geist wird stets versklavt sein."

Noch einen Ruf stieß der Bussard aus – und noch einen, seine breiten Schwingen auf- und abschlagend, fliegend zur Höhe, segelnd durch die Wolken, und wieder abtauchend – nur Zentimeter über dem Boden schnellte er vorwärts, um im nächsten Augenblick erneut nach oben zu schnellen.

„Ich weiß was zu tun ist", sagte Wanatu alsdann zu den Winden, während der Bussard auf einer Tanne gelandet, die Gegend absuchte.

„Ich vernehme eine Stimme, sie ruft:<<Komme zu mir>> Aus meinem Herzen dringt sie zu meinem Gehör, durch die harten Schalen, die es beschützen. Über den Abgrund will sie mich geleiten, in den ich jetzt blicke."

Inzwischen drehte der Bussard wieder seine Kreise, als er, seine Klauen nach vorne geworfen, plötzlich dort stehen blieb, vermeintlich einen Halt im Nichts findend.

„Du bist es also, der mir zu Hilfe kommt. Schon länger schnürst du deine Kurven, immer in einer acht, und nun stehst du da, gerade unter dem Punkt wo sich die Schleifen berühren."

In seiner eigenen Welt weilend, ohne Wanatu auch nur irgend Antwort zu geben, zog er ab, im Nu verschwindend hinter den Tannenwipfeln. Und Wanatu erinnerte sich wieder an das Archiv, wie er die gläserne Rutsche erklomm, die eigentlich als Ausgang diente.

Folglich suchte er die Brüstung ab und war wenig überrascht, als er einen massiven, gewölbten Vorsprung ertastete, der durchaus eine zweite Rutsche sein könnte, nur war das Material sicherlich kein Glas: es reflektierte nicht, vollkommen unsichtbar, glich sie dem schwerelosem Äther.

„Wo sie wohl enden wird?"

Wie er da saß, der heitre Wind durch sein langes Haare wehte, den Blick zur aufsteigenden Sonne, erwachte just ein Satz in seiner aufbäumenden Brust, ein Wunsch der seinem Herzen entsprang, klar und deutlich, frei von allem Zweifel.

„Zum Swami-Tal will ich!"

Dann stieß er sich ab, lachend, weil ihn gleich das Tempo der Rutsche ergriff, dass er, flach in ihre Rundung gelehnt, wie ein Pfeil ihrer Bahn folgte.

XXI

„Meister, wie geht es euch?"

Besorgnis klang aus Ayashas Stimme.

„Lasst uns hier rasten, ausruhen müsst ihr."

„Danke meine Tochter", antwortete ihr der Ehrwürdige, „wir sind an unserem Ziel. Jetzt warten wir erst einmal."

Dabu und Baguyo stützten den Meister, der sich schließlich auf eine weiche Erhöhung des belaubten Untergrunds setzen ließ, auf einen natürlich gepolsterten Hocker, der die Leiden seines rege atmenden Körpers auffing.

„Wir sind angekommen Ayasha", lächelte er nochmals, und ein leichter Husten entwich ihm, der aber augenblicklich abebbte, nachdem der Meister sich leicht an die Brust fasste.

„Du bist nun soweit, fleißig warst du die Jahre gewesen, warm ist deine Seele geworden, freier von den Lasten, die sie einst erdrückten. Komm, setz dich an meine Seite, gemeinsam werden wir warten."

Ayasha warf einen kurzen, bangen Blick zu dem freundlichen Gesicht, dem jegliche Spannung fehlte. Doch bemerkte sie zudem, dass der Meister sich nach und nach zur Ruhe legte, zu ihr strebend, nur noch halb weilend in dieser Welt.

„Sind wir da, haben wir das Swami-Tal erreicht?", fragte Ayasha.

Sie ahnte, das Tal würde sich gleich hinter der dichten Bewaldung befinden, in der sie gerade Halt machten.

„Du denkst an eine Zivilisation, an eine marmorne Stadt, an ein Idyll, dass es doch irgendwo geben muss. Zumindest träumst du noch. Das Schlechte das dir widerfahren ist, hat dich nicht gekrümmt, ganz im Gegenteil. Doch suchst du nach etwas, das nicht existiert, einer Illusion hängst du nach, einer Idee die tausendfach verzweigt ist. Deine Illusionen, Träume, Ideen will ich dir nicht nehmen, nicht austreiben, nenne es wie du willst, es bleiben ja nur Begriffe."

Ein grünes, saftiges Lindenblatt fiel hinab, welches der Meister, angetrieben vom lauen Wind, nacheinander über all seine Fingerkuppen kreiseln ließ.

„Vielmehr fehlt dir ein Fundament. Die Jahre über hast du fortwährend versucht zu lernen, dennoch ist es dir nicht gelungen, in dir selbst zu ruhen, zu sehr beschäftigst du dich mit anderen, ablenkenden Dingen."

„Etwas fehlt da in mir", flüsterte Ayasha, „etwas das ich längst vergessen hatte, das mir im Laufe des Lebens abhanden gekommen ist, nur finde ich keine Worte dafür."

Da legte der Meister seine Hand auf Ayashas Schulter. Sogleich entglitt ihm ein sanfter, harmonischer Ton, so wie er einst sich an Wanatu wandte, die Lippen unbewegt, eine Melodie von sich gebend, die einem Lebewesen angehören musste, das andere, freiere Lebensräume bewohnt.

„Der Name sollte dir bekannt sein", sprach der Meister dann.

„Ja!", antwortete Ayasha, der eine Träne die Wange hinab kullerte, plätschernd auf das Lindenblatt, mit dem der Meister eben spielte.

„Übrigens hast du recht, wenn wir die Bewaldung durchquert haben, erreichen wir tatsächlich das Swami-Tal. Nur wirst du dort nicht das finden, was du dir vorgestellt hast. In der Tat lebt dort unser Orden. Mit Verlaub können wir sogar sagen, dass wir luxuriös hausen. Wir nehmen Rücksicht aufeinander und sind nicht zu viel an der Zahl. Aber nun lass uns weiter ein wenig warten. Baguyo und Dabu habe ich bereits vorausgeschickt.

Ihr, die ihr noch getrennt seid, werdet später herzlich willkommen geheißen."

XXII

Über Wanatu öffnete sich die schneeweiße Wolkendecke, dass er die hellen, wattigen Gebirge erblickte, die sich aus ihnen türmten, immer in zärtlicher Bewegung, stets treibend mit den Winden. Und aus einer Öffnung ergossen sich die Sonnenstrahlen, Kegel voll Lichtes schickend zum Eingang der Bewaldung, die vor Wanatu zwei Bäume derart bog, dass diese sich gegenüber verneigten, wodurch ihre Häupter miteinander verschmolzen. Wanatu verneigte sich ebenfalls und betrat leichten Schrittes den belaubten, knisternden Waldboden. Aus allen Richtungen raschelte es behaglich, fast als hieße man ihn freundlich willkommen, während ein Specht seine Behausung in einen gesunden Stamm arbeitete.

Etlichen Abzweigungen begegnete er, dennoch war Wanatu sich jedes Mal sicher, den richtigen Weg zu wählen, so als müsste er nur sich selbst folgen, seiner Intuition, die zu einem bestimmten Punkt strebte.

„Was ist das, das mein Herz so stark klopft. Irgendjemand ist dort oben. Ich kenne sie, ja, seit meiner Geburt kenne ich sie. Mit ihr gemeinsam habe ich das Licht der Welt erblickt, wir gehören zusammen, eins sind wir!", schoss es plötzlich durch Wanatus Bewusstsein.

„Wie konnte ich nur so lange umher geistern? Endlich, endlich habe ich dich gefunden. Es ist, als fließe warmes Wasser durch meine Glieder, und sammelt sich wirbelnd um meinen Bauchnabel."

XXIII

Der Meister nahm tiefe Atemzüge.

„Sei gegrüßt Wanatu", rief er ihm zu, just als er die Lichtung betrat und sie Beide erblickte.

„Guten Tag ehrwürdiger Meister", sagte Wanatu fröhlich, und verneigte sich.

Stille kehrte unvermittelt ein. Kein Vogel war mehr zu hören, kein Rascheln anderer Waldbewohner, kein Wind. Für einen Moment stand alles bewegungslos da.

Wanatu ging zu Ayasha und hielt ihre Hand, die rau war von ihrer weiten Wanderung. Sie lächelten, endlich den Ort gefunden zu haben, wonach sie so lange suchten.

Und als Wanatu und Ayasha sich in die Augen sahen, und sich selbst in ihrem Gegenüber gewahr wurden, ward ihnen bewusst, dass sie zeitüber nie allein gewandert sind, nie für einen Moment wirklich entzwei waren. Jetzt erst begriffen sie ihre Einsamkeit, der Schlund aus dem ständig der übel riechende Abfall nach oben sprudelte.

Eine tiefe, blutende Wunde verband sich und hinterließ eine Narbe. Kein Schmerz trat mehr aus dieser Stelle, sie entstellte nicht. Zeuge war sie ihrer fortwährenden, edlen Arbeit, die nun ihre Spannung verlor, ihren Wahnsinn, behutsam mit sich selbst umgehend, dass aus dem dunklen Gedankenfluss, ein klarer, rauschender Bach wurde. Die verschiedensten Kieselsteine verbargen sich darin, Pflanzen, Lebewesen, die ihn reinigten, ein Teil von ihm wurden. Ihre Zehen spürten sie, ihre Waden, ihr Geschlecht, ihren Rücken, Bauch, Brust, Kehle, Stirn, Haupt, klar und deutlich, sowie die Gefäße, wodurch ihr warmes Blut unentwegt strömte, ihren Geist, der nun ruhig und ungetrübt in einem Körper weilte, heiter verbunden mit der singenden Natur, die sich jetzt wieder kundgab.

Der Meister rief alsdann erneut jenen klanglosen Namen. Es war so als würde er vom Horizont aus rufen, von dort wo die Sonne aufstieg, weit entfernt, nicht von dem Körper aus, der dort saß mit geschlossenen, friedlichen Augen.